记得那时正年少

苏岩／著

知识出版社
Knowledge Publishing House

图书在版编目（CIP）数据

记得那时正年少 / 苏岩著. -- 北京：知识出版社，
2018.11

（致青春. 中国青少年成长书系）

ISBN 978-7-5015-9908-0

Ⅰ.①记… Ⅱ.①苏… Ⅲ.①中国文学 — 当代文学 —
作品综合集 Ⅳ.①I217.2

中国版本图书馆CIP数据核字（2018）第250348号

记得那时正年少 苏岩 著

出 版 人：姜钦云

责任编辑：易晓燕

助理编辑：朱金叶

装帧设计：周才琳

出版发行：知识出版社

地　　址：北京市西城区阜成门北大街17号

邮　　编：100037

电　　话：010-88390659

印　　刷：三河市人民印务有限公司

开　　本：650mm×920mm　1/16

印　　张：15

字　　数：180千字

版　　次：2018年11月第1版

印　　次：2025 年 1月 第 5 次印刷

书　　号：ISBN 978-7-5015-9908-0

定　　价：52.00元

序

有如少年，永如少年

有如少年，不忘初心。苏岩同学从咿呀学语时来到实验（深圳实验学校），如今已在此度过十四个年头，是名不折不扣的"实验宝宝"。实验蓝白相间的教学楼，是她最真切的记忆；在她成长的过程中，实验更是见证了她最美好的点点滴滴。

有如少年，好学爱师。苏岩同学的成长中从来少不了一群熟悉的实验教师身影：小学部和蔼慈祥的李莹洁老师，中学部亦师亦友的乔云伟老师，高中部才学兼备的吴平波老师。老师们悉心培育，带她初探文学的瑰丽奇妙；伴她成长，教她为人处世的道理；助她成功，成为她勇闯天涯的坚实后盾。在教育上，实验的老师做到"随风潜入夜，润物细无声"，用学识春风化雨地教育学生，用人格潜移默化地影响学生，助力优秀学业，塑造健全人格，慢慢松开牵着她的手，目送她稳步走向光辉前程。

有如少年，一腔热血。2017年苏岩同学见证了我校少年人文学院的横空出世：中国社科院教授白烨、原深圳市文联主席罗烈杰、中国当代文学研究会校园文学委员会常务副会长王世龙、深圳广电集团主播吴庆捷、著名教育家叶圣陶先生的孙女叶小沫等一大批知名专家学者莅临深圳实验学校少年人文学院的成立大会，并登台致辞，充分肯定深圳实验学校少年人文学院的建立在深圳乃至全国人文素质教育的标杆意义。在程学军部主任的统筹领导下，在吴平波院长的探索落实下，人文学院勇于创新，不忘初心，取得了一系列荣誉成就。作为我校少年人文学院首届"小院士"雨霁文学社社长，苏岩同学曾在深圳"文艺名家驻校园"计划启动仪式上发表讲话，也曾在叶圣陶杯作文大赛中摘取全国一等奖，她的成绩，也是深圳实验学校少年人文学院成就的一个缩影。

读苏岩的《记得那时正年少》，能读到她的诗心与童趣，读到她在实验的成长与思考，读到她成长中的迷茫与呐喊，读到一个孩子对世界诚挚的悲悯。希望每一位青年都能始终对这个世界怀有温情与敬意，珍惜生命中每一处质朴的感动，在未来创造出一片新的天地。苏岩说实验是她全部的少年时光，实验也要感谢她的真情记录。日出东方，其道大光；河出伏流，一泻汪洋。愿学海畅游，携手闻书香；愿人文借力，迎风振翅翔；愿母校与她前程好，愿你我不惧岁月长。

愿有如少年，愿永如少年。

深圳实验学校校长　袁敬高

2018年10月

目 录

你看，那里有光

往玉砌雕阑处

游游荡荡的小时候

最美好的词语，叫作"来日方长"

想给未来的自己留下些关于年轻时自己的思想是如何痛苦挣扎、摸爬滚打后终于走上正道的真实记录，也想让她再好好怀念怀念那些曾温暖过她的人或事，或日出日落的某一个瞬间。走吧，走吧，人生还长，路还有方向，兜里还有糖，眼里还有光。

不如诗酒趁年华

长大了，总归是要去做很多选择的。

从来都没有错路，只有更曲折、更漫长的路。

开学的第一天，分班了。

窗外有棵高高大大的树，不知道叫什么。它的叶子绿油油的，像宽大的手掌，风一吹，就轻轻搅动着寒冷的空气，像舔了一口薄荷味的冰淇淋，像带着露水的小雏菊。这感觉，就像一头扎进游泳池里，听水在耳边涌动的声音。

我悄悄地坐在座位上，听着树叶摇晃的声音，想缩成小小的一团，不被别人发现。

毕竟是文科实验班的预备学渣一枚，干不了刷存在感这种事儿。

深圳实验学校高中部，简称深实，是我从小到大最引以为傲的地方。深圳实验学校高中部的文科实验班，则是深实文科生的最高平台。我本是要么在文科重点班拔尖要么在文科实验班垫底的成绩，来到文实，挺惊喜的。

班主任波哥问："谁要当班长？"原本小小骚动着的教室瞬间安静了。细细听，好像能听见树梢上的黑麻雀起飞，"扑棱棱"扇动翅膀的声音。

可能是为了报复我发他的"黑照"，大头淇突然举起了手，十分坚定地举起了手。

那个文科班最引人注目的男孩子，那个每次只用数自己甩了第二名多少分的男孩子，在举起手的那一刻，就是最耀眼的那颗星，在死寂的教室里熠熠生辉。

大头淇站上讲台，三言两语，强烈推荐我去做"革命领袖"。

"我和苏岩合作多年……""作为班长，她一定能带领我们班走向光明的未来……"

自然，"苏岩"这个名字就被动刷了一轮存在感。走下讲台，他得意地望了我一眼，有一种战士收刀入鞘的骄傲。

被惊吓到了的我，顶着涨得通红的脸，当然不服气。

我也举起手，义正词严地夸了一顿大头淇，并罗列出他做班长的种种好处与我做班长的种种坏处……

说完，我敲敲他的桌子，颇有躲过一劫的调皮狡诈。

窗外，树叶划过风的声音显得越发响亮，清脆。我能感受到教室里越发死寂的氛围与波哥越发无奈的眼神。

但是，谁都没坑成谁。

像武侠小说里的高手一般唇枪舌剑"决斗"了一番的我们，倒是被大家伙儿坑了。

省略过程。最后的我，也就厚着脸皮，和这位"网红"一起当上了文科实验班的班长。

也曾害怕过，但那种恐惧可能被一时无比强大的虚荣冲淡了吧。

后来有人问起我，当时在那个环境下，最让我感到崩溃的是什么。

可能是清晨被迫早早醒来，望见室友们都在学习，自己却昏昏沉沉学不进去的时候吧。可能是中午吃完饭，悄悄回到宿舍，抓住机会和大家聊聊天又"自发"去学习的时候吧。可能是晚上一个人慢慢踱步去操场去饭堂，想起沁沁的时候吧。可能是晚修写作业写到没空伸懒腰的时候吧。可能是深夜，望着背诵作业不停挠着脑袋的时候吧。

有天上午，正在上着数学课，窗外的空气异常的闷热潮湿。还是没有坚持住，我掏出了手机，给妈妈发短信，说"我好累"。妈妈晚上就赶了过来。

我还是哭了一场，哭到书本上的字都看不清楚。

语无伦次地跟妈妈讲了好多话，我还是想转到文科重点班去，还是想去一个压力小一点的地方。

"可是妈妈，我真的好累，真的好累。""妈妈知道你累，妈妈也很心疼。"

说了好久好久，妈妈好像还是不答应。

后来呢，模糊的记忆似乎来到了那天的晚自习。我紧张地搓着手，电话那头传来波哥温柔的声音。

波哥每天会很早回家，找不到人。妈妈还是想让我和他谈谈。

波哥慢吞吞地说着，问我为什么会有这种想法。我乱七八糟扯了一大堆不明不白的缘由，气急败坏，又要挤出眼泪来。波哥说："像你，肯定是有以后向往的地方的。"

我说："对啊，北京。"

波哥又说："北京的大学都是两极分化的喔。要是遇到一点困难就投降，又怎么能完成你的理想呢？"

想起了之前开玩笑的话。说，长大后，即使是去修电梯修水管修马桶，也要去北京待着。可是，想要的究竟是啥，自己早就在心里想得清清楚楚明明白白了。那时只是有点支吾，又怕下不了台，只好硬着头皮反驳。

最后，波哥在电话那头叹了口气，又笑了。他说："张爱玲写过一句话——'在人生的路上，有一条路每个人非走不可，那就是年轻时候的弯路。'"

"反正，有想法好过没想法。你以后，也就是在我左手边还是右手边的区别，那也一样。"

那是一个无比沉重的晚上。

天上的星星特别大特别多，就像要从空中跌落下来。湿润的早春草丛里响起蛐蛐的鸣叫，和着教学楼里偶尔响起的嬉笑声，显得这个世界特别安静。

我站在昏黄的街灯下，看着忽闪忽闪的灯光，冷得缩起脖子揣起手。我还是不甘心，抱着电话和波哥慢慢理论着。波哥也不急躁，慢慢地安慰着我。一句句轻轻的话语，重重地打在我年轻的心上。

长大了，总归是要去做很多选择的。从来都没有错路，只有更曲折、更漫长的路。既然做出了选择，就一定要自己慢慢走完它。这既凄凉，又悲壮。

可是，迅速长大的代价就是迅速失去啊。

我会想起初中时候中午放学回家，大熊陪我走过无数遍的百花四路。

大熊是个很好看的姑娘啊，打扮入时，不像个初中生。我总挽着她，她总愿意绕远路，陪我回家，带我去吃五花八门的零食。我们总有说不完的话。

　　她在初三那会儿，总是喜欢跟我描绘她要去的那个学校。美利坚的大地从来都是她无比向往的地方。

　　我听着，想着自己未来极其艰难的三年，又想想更久的以后，只是笑。到了今天，她还在中国，可是我们见面的机会已经很少。

　　偶尔想起她，她在我脑海中的面容，先是模糊，然后慢慢清晰，却又瞬间变得陌生。

　　我还记得无数个灯火通明的夜晚，无数个和果儿坐在中学部门口的嘉旺里吃着快餐、等着去上理化课的夜晚。

　　那个学期的最后一天，她突然很严肃地说："希望下次再跟你这样坐着吃饭，我们的校徽是天蓝色的。"

　　两个文科生就此抱团取暖。

　　现在，我每次看见她总会欲言又止。我最后成了那个"完成梦想"的人，却又惊慌失措，不知道自己是不是曾经许了个假愿望。

　　我更不会忘记无数个和沁沁挽着手、走向小卖部的日子。晚自习刚结束，我们摇摇晃晃穿过人潮，仲夏夜的晚风悠悠荡荡，甜蜜，清凉。

　　她会向我诉说无数少女的心事，我会细细斟酌她每一份黏腻动人的粉色情怀。就这样，我们慢慢走过了半年的时间。

　　她是个很有教养的女孩子，说话细声细语，总是那么关照别人的感受，害怕伤害到任何一个生灵。她总会睁大一双小鹿眼，问："你会不会离开我？"

我舍不得离开她。我当然舍不得离开她。

可是，实在没有办法。

……

实在没有办法，只好挥手作别，快马加鞭。

只好风里狂奔，不顾司马青衫。

令人高兴的是，我又和旧时老友小凡重逢了。小学刚毕业的时候，两个幼稚的女孩儿天天抱着座机电话哭哭啼啼，呜咽着，许下在高中部重逢的承诺。

那时，我用吉他弹起陈奕迅的《好久不见》，脑海中每次浮现出她的面容，就会悲伤得不能自已。三年后的今天，我再弹起这首歌，她终于能坐在我身旁，细细听了。

某一个压抑的夜晚，我们半夜聊天。她说，她从没忘记过我们的承诺和以前的故事。

她说，她活得好累。我说，好巧，我也是。

借用一句电影里的台词，"我们，不如从头来过。"

于是，她回到了我的世界里，就像从没有离开过一样。

我还是能厚着脸皮，端着一本薄薄的《世纪金榜》，拖一把凳子，在小尤那儿坐大半节晚自习。

看着来来往往的同学来问题，我说："你好红哦。"

他得意地笑，嘴里说着自夸的话，眼神里的温柔却像是要溢出来。

小尤是我以前的班主任，教数学。我和他太多太多的故事，写不下，讲不完，记不住。小尤给我的所有乱七八糟的小玩意儿，我都还留着。我说的那些乱七八糟的话，他都还记着。

妈妈来学校的前一个晚上，我去办公室，看着被同学团团围住的小尤，突然极其失落。他察觉异样，拉着我到空无一人的走廊上。我攥着数学书，哭着说，我学不下去，我不是那样的人，我都不会，我好自卑。

他好像很紧张的样子，细细听着，笨拙地安慰着我，却又都词不达意。他不像波哥，不会说那么有道理的话。他只说，会好的，一切都会好起来的。

那天下午的体育课，灰头雀在树梢间蹦蹦跳跳，天空蓝得像是要渗出水来，鲜艳的红旗被灿烂的阳光晒得滚烫。

小尤一身深绿色运动服，要去跑步。我朝他喊，说他头发都飞起来了。他转过头，背着光，笑得很腼腆，像极了从前的样子。

突然觉得这个世界，真的如他所说，一切都会好起来的。

回到故事。

就这样，借着"情绪极度不稳定，偏执，消极"的理由，我回了家，玩乐了两天。美其名曰"冷静冷静"。

有天晚上，去华强北，看了一场叫作《乘风破浪》的电影。电影散场，已是深夜。春寒料峭，我却呆呆地杵在华强步行街上，想着心事。耳机里，是赵雷的《少年锦时》。

他唱道："一直通向北方的是我们想象，长大后也未曾经过。"想起电影里的一句话："这个世界是会变的。"

这个世界会变，我们也会变。但愿我们能变得越来越好，不要再去理睬这个世界。

不像电影里的情节，我从来都不会突然一下子想开任何事。只能由着性子，慢慢适应，渐渐调整，再找到自己应当去热爱的理由。

不过，在那个晚上，在波哥萦绕耳边轻柔的话语中，我的记忆里闪过一个个人名，就是上文提到的他们。我抑制不住自己悲伤的情绪。

他们曾陪着我走过一段人生的路，大多数匆匆道别。有些人至今相伴身旁；有些人曾经缺席，如今再出现，却还能说声"好久不见"。

于是，我想把我与他们的点点滴滴，都悄悄记下来。

很遗憾，不能在那些光阴里永远住下来。很开心，没有把他们弄丢。所有细微的场景，所有无声的对白，我还记着，全都记着。

不愿见故人，怀旧乡，凄凄惨惨戚戚。

那么，不如诗酒趁年华。

你要变得足够好，为了自己

我掐指一算，从这段情节开始，老王的故事，就从漫无目的的流水账向国产狗血鸡汤青春剧转型了。

寒假的某个深夜，我躺在床上，和老王聊微信。

老王："现在开启狂暴补课模式，九小时累炸。"

我："年轻人要注意身体啊。你成绩那么好了，还这么拼。"

老王："……"

"我要变得更好。"

手机屏幕刺眼的白光冷冷打入眼里，黑暗的房间骤然亮如白昼。

窗外，空无一人的大街上，霓虹灯寂寥地亮着。偶有汽车疾驰而过，"沙啦沙啦"卷起萧萧落叶，使人顿生寒意。

我伸了个懒腰，长吁一口气，望着屏幕上跳跃的光标发呆。

想起老王如国产狗血鸡汤青春剧里男主角的一个个故事，突然想写下来。

老王是我高一上学期的同学。

暑假时候加了微信，原以为只是点赞之交。翻他朋友圈，看着他一张张画风粗犷的自拍，我纳闷他的审美。后来，命运真奇妙，我们被分到一个班，还成为同桌。

记得那时的晚自习，月光像一层轻轻的纱，驱散夏日的炎热与焦躁，洗去学子身上淌下的汗水。万物失去颜色，在黑暗中生机勃勃。

我学一会儿，放下笔，抬起头，总能看见身边的老王。他一张带痘的肥脸颤抖着，对着手机里滚动的游戏画面呵呵傻笑。我问他手机哪儿来的，"不是被收了吗？"他说是借的，眼睛不离开屏幕。

我问："你背不背这篇英语课文？你写没写那章数学题？"

他头都没抬，含糊不清地说："别提了，我一个'捞仔'还能学什么。"

"捞仔"不知道是哪里的用语，总之是"不务正业"的意思。

第一次段考，文理还没分科，老王年级四百多名，直逼垫底。他看见成绩出了，还是笑呵呵，好像没当回事儿。我在心里默默

为自己树下目标。嗯，我的底线就是，绝对不能成为老王那个样子。

接下来一段时间，还是各干各的事。我还是一会儿学习，一会儿打瞌睡，一会儿胡思乱想。老王还是操着大嗓门儿打着手游，我们各行其是，互相安好。

直到某个星期六晚上，老王突然在微信上找我。

他突然问："你知道为啥我中考那么低分吗？"我说不知道。他说："因为，我就是中考那几天和前女友分的手。"

我哗然。

他又说，他现在喜欢一个女生，人家却死不从命。我问他为什么。他说："可能是因为我丑。"

我不服气地想，不全是因为这个吧。

我早就听说之前的老王是个很厉害的人。初中稳霸年级前二十名，早恋更是满城皆知。他本来应该是有很强的实力的。见到真人，却有种相去甚远的感觉。

我打起精神，回复："要让自己变得更好更优秀吧。要努力，这样子才会有人喜欢哦。"那头没了声音。我失去了兴致，匆匆睡去。

很快迎来第二次段考，这次已经分了文理科。在我眼里，老王像是坐上了窜天猴儿，从四百多名飞跃到两百多名，直接"咔嚓"掉一半的理科生。

我惊讶不已，连连夸赞老王："厉害了，'捞仔'。"老王没像往常那样，抬起头嬉笑怒骂。他眼睛盯着用红笔写满分析的试卷，不理我。

过一会儿，他又小声嘟囔起来。"我才不是'捞仔'。"

老王好像变化很大。

他上课很认真听讲，会粗暴地打断我的碎碎念。他拿着英语报纸接二连三问我问题，要把每一道题都弄清楚。他的朋友圈删光了游戏截图，只剩偶尔转发的"深度鸡汤好文"和鼓励自己的话语。

他在朋友圈里发，"事在人为"。他的朋友们也都说，老王本来就该是这个样子的。我也惊奇，终于找回了那"曾经是个传说"的老王。

某个暴学完的深夜，我瘫倒在宿舍的床上。老王又在网上找到我。他好像很难过。他说，那个女生还是不接受他，还有些想躲避的样子。我说："咋还想着这件事情？"他说："我想再变好点，等她喜欢上我。"

我掐指一算，从这段情节开始，老王的故事，就从漫无目的的流水账向国产狗血鸡汤青春剧转型了。

我在屏幕这边顿了很久很久，然后又努力地尝试告诉他我对这个世界的理解。

我："老王，你已经很好了。这样没必要的。不喜欢就是不喜欢。"

老王："我觉得我不够好。"

我："执念伤人啊。"

"无论怎样我都要变得更好啊。为了她，或者不为了她。"

细密的春雨掉在地上，惊起了些许的凉。天上两三颗星星执着地亮着，仿佛知道我们总会抬起头，看见它们似的。我们是时光长河里睁着好奇圆眼的孩子，摇摆着手臂，向天边呼唤。

"你看，你看。我会发光，我们在发光。"

这是个多好的年纪啊。每个人都会为了喜欢的人，冲动地去做任何事。还有，与之同时进行的就是把自己变得足够好。

越来越好，这样才有机会去走到她面前，不卑不亢地遇见她。你要去运动，才能制造操场上和她偶遇的机会；你要去阅读，才能和聪敏的她有共同话题；你要去学会弹吉他，才能像她最喜欢的偶像那样弹唱一首曲调奇怪的情歌……

可是到最后，你背上了一把网购来的破木吉他，在昏黄的街灯下唱着不知所云的民谣；你在健身房里每周泡两小时，却发现还是校园跑道上的汗水挥洒得更酣畅淋漓；你看完了她喜欢的村上春树，发现自己的作文风格越来越像他……

你回过头，想找到你高中时代的那个女孩，却发现她不知道在什么时候早就不见了。而你读过的书，走过的路，已然藏于你谈吐举止间，最终成就了今天的你。

倘若你喜欢优秀的她已经很久，就会做她平常做的一切事情，努力向她靠近。慢慢地，她的好习惯变成了你的好习惯，她的好性格变成了你的好性格。你耳机里，本也全是她喜欢的歌，后来觉得挺好听，也没有删掉。

要谢谢她，教会了你去寻找世间这么多美好的事物。要谢谢她，一直激励着你，变得足够好。

回到老王的故事。

老王从那天开始再不多嘴，每天早一小时起，晚一小时睡。课间我也不见他趴在桌上，反倒去走廊里背英语，远处传来"叽里呱啦"的声音。他下午要锻炼减肥，去操场跑全速两公里，大汗淋漓。晚上没饭吃，捎个面包就往班里跑，晚自习三小时皱着眉头，不说一句话。还有，他坚持在朋友圈每天给自己写点东西，提醒自己"勿忘初心"。

他有时候也会突然失落，说起那个嘴上含含糊糊，实则不愿靠近的女孩，说完，又很快回到状态，就像是在这段伤心话的下方点"删除"键。

我都默默看着，在心里默默给老王摇旗呐喊。

后来啊，第三次段考就是老王的成名之战。他一鸣惊人，名次较第二次段考时的两百名又"咔嚓"砍掉百分之九十，稳稳当当进了理科年级前二十名，在结业式上光荣上台领奖。新文体馆的舞台很大。我坐在位子上，看着坐在领奖席的优秀生老王。

念到老王的名字与班级，全场震惊了几秒，然后响起了排山倒海的掌声。平行班的同学一样可以优秀。老王就是个例子。前提是，你要很努力很努力，去变得足够好。

他走上台，橘色的灯光轻快明亮，打在他溢满笑容的大脸上。我一时间很开心，也很感动。他已经为了自己变得足够好了。

不知道他心中的那个女孩，有没有看见足够好的他。

老王就这样，经历了如国产狗血鸡汤青春剧男主角般的故事后，华丽蜕变，既让人欢喜，更让人惊讶。

有次晚自习休息，老王跟我聊起前半年的日子。

我说："反正我觉得你一直挺'捞'，还是从头'捞'到尾。我才不和你同流合污。"他不屑地瞟我一眼，说："那我在当时觉得我和你挺志同道合的。"我作势要打他，他躲开了。

两人手中刚好翻到《琵琶行》的语文书，打闹时齐刷刷掉到地上。迎面来的春风试图翻动书页，却不识一字，只好悻悻作罢。

这才是真正和我"志同道合"的老王。无数个那样的夜晚都值得被铭记。

现在的老王，在理科实验班，还是管自己叫作"捞仔"，却不再是名副其实的"捞仔"。那个女孩的名字在他嘴里出现的次数已经越来越少。

他没有一刻放松，寒假暑假，每分每秒紧绷着，无论是物质生活还是精神生活，都已经得到了无限大的丰富与充盈。

老王再不是"捞仔"。老王才不是"捞仔"。

你本来是要为了那个女孩让自己变得足够好。

可后来发现，在喜欢她的过程中，你的收获才是最多的。

当优秀也成了你的一种习惯，你便大可昂首挺胸，任她去留，因为你终于找到了使内心充实的事物。

有她，抑或无她。为了她，或者不为了她。

为了自己。

你都已经变得足够好了。

这就是你的收获。

祝福你，国产狗血鸡汤青春剧男主角老王。

你要走，就千万别回头

她最后说："对于我们岁月里的那些无穷，我感激不尽。"
我一不小心又掉泪了。这波"回忆杀"来得猝不及防。

下课铃响声一落，毫无心思的物理课结束，我火速收好书，一手捞起沉重的大旅行箱，"踢踏踢踏"小碎步下台阶，直奔校门口，三步并作两步跃上校车。

忙碌的一周又结束了，总算能回家了。

天蓝蓝的，稀稀散散的云彩慢慢游着。阳光灿烂、绵长地冲洗空气，漫天尘埃像鹅绒枕头，也被吹打干净。它落在树梢间，被切割成一个个几何形状。它悄悄照亮每条盘根错节的小路，像点亮大地纵横捭阖的一根根血管。

篮球场上，不用坐校车的男生们嬉笑打闹着，汗水顺着脸颊滴落在土红色的塑胶地板上，浸湿深蓝色的短袖校服，留下可爱的印记。

王喂马在耳机里唱着民谣《你梦见了年轻的模样》："他们的球鞋在太阳光底下，被晒成一朵一朵永不凋谢的向阳花。"

才发现校门口的那棵木棉树开花了。木棉花火红火红，一点两点挂在枝头，真好看。像记忆中的样子。

"你看到的，也是你失去的，年轻的模样。"

街上的车辆逐渐多了起来，路旁的学子们行色匆匆，大概都是想家了吧。校车"吭哧吭哧"爬坡，绕过郊区一块不知名的水上小洲，向前驶去。

好想坐着校车，让它这么一直开下去，开进华强北的大风，开进百花二路的夏天，让我去寻找那些想念的人。

我知道，校车的确会一直开下去。它会开进华强北，会开进百花二路。可是它带不回来在那里逝去的无数个春江花朝秋月夜，带不回来被风吹散被雨淋湿的欢笑声。

想念的人都不知年长了几岁，不再是原来的样子。

在幼儿园，有数不清的睡不醒的午后。小小的脚丫在小小的石头铺成的路上蹒跚前行。我傻傻笑着，手里捏着幼儿园发的牛奶小馒头，脏兮兮的。隔壁班不知道哪个小女孩又被欺负了，哭闹声特别大。那三年，似乎就在轮胎秋千"嘎吱嘎吱"摇晃的声音里悄悄过去了。

小学时我喜欢玩男孩子气的东西，有玻璃珠，有小布球，有魔法士里的英雄卡；有"波波吐气"，有"奥利奥"，有"反弹"。喜欢吃五毛钱的咪咪和香菇肥牛，喜欢玩绿绿的鼻涕胶。不记得赛尔号里有多少只满级的精灵了，只记得自己不太喜欢小花仙，觉得过于女性化。

那时因为笔画不规范，不知道语文不及格多少次，倒是数学还能拿满分。

我已经忘了自己经历过多少次"毕业"。幼儿园时，我紧紧抱住对方，号啕大哭。一把眼泪一把鼻涕，通通抹在衣服上。小学时，我们故作镇静地排成一排，和老师们握手，拥抱，用力憋住眼泪，优雅微笑，像个小大人。

我总会选择去扮演人群中对于分离较为冷静的那个，又会在事后千方百计地用文字去描述，想用力逼迫他人共情。

他们都说，我喜欢"回忆杀"。他们也说，我最擅长"回忆杀"。

初中的时候，有位同年级的同学，且称她为 Fin。Fin 的成绩很好，学校直升考毫无压力地通过了。她却要坚持自己的选择，放弃直升名额，备考深圳另外一所重点中学。

后来，中考完的那个暑假，Fin 写了一篇很长很长的文章。她原来也是十二年的"实验宝宝"。她想写点东西，与在深实的四千三百八十个日夜道别。

我仍能记得读 Fin 文章时的感受。她也像我这样，从幼儿园慢慢讲起，到小学，到初中。她行文逻辑不是很清楚，有很多奇奇怪怪的词也只有几个人知道。可是到后面，她写中考前的那段日子，写拍毕业照时的五味杂陈，写与老师们道别……却让我强烈地感同身受。

她最后说："对于我们岁月里的那些无穷，我感激不尽。"我一不小心又掉泪了。这波"回忆杀"来得猝不及防。

我能够真切地感受到她所有的感伤与不舍，虽然写出来是无比的平静。可能"回忆杀"本身就是属于自己的东西，没有好坏之分。我还是想说，Fin 的"回忆杀"特别让人感动。为什么呢？因为她的"回忆杀"里不仅有过去，还有未来啊。有温柔似水柔情蜜意的过去，也有光辉灿烂辉煌无比的未来啊。

有句话说，"怀旧的人都是现在过得不好。"我倒觉得现在挺好的。我喜欢现在。

初中毕业典礼的那天，我站在台上发表毕业感言。总的来说，就是一次大规模的集体"回忆杀"。

有下午"阳光体育"刺耳的口哨声，有晨会劣质的喇叭传出的广播声；有楼梯拐角的大镜子，有通家乐楼下挤得水泄不通的嘉旺；有小卖部凉爽的蜜桃多，鲜香的蟹柳小吃；有与老师道别时的不舍，有照毕业照时眼中泛动的泪光；有中考考场上沉重的呼吸声……

对于过去，我很想念，所以会把从幼儿园到现在的事，一件一件记得清清楚楚。

我期盼与实验学校展开新的邂逅，成为真正意义上的"实验宝宝"；我期盼新老师新同学，或许能找到和老乔一样的"人生导师"；我期盼高中部的饭堂，不过更期盼小卖部；我期盼学习到新的知识，并保证一定努力……

对于未来，我也很期盼，所以会打起精神迎接未知的事物，会很开心，能在下一秒遇见你。有的时候也会讨厌自己的念旧情结，讨厌动不动又臭又长的"回忆杀"。

可我更喜欢的，是近在咫尺的以后啊。

回忆还会在那儿，在时光原地待得好好的。只是我们也要大步向前，找到更好的生活啊。Fin后来也说过一句话，她虽然很想念实验，但如果时光可以倒流，她仍然不会更改当初的决定。

"做很多事，都要遵从自己的内心。"愿你不被回忆禁锢，能够努力尝试新事物，乘风破浪，勇敢向前。

从前说过很多次再见。这次是真的再也见不到了。

那么，看着我的眼睛。

"再见。"

"你要走，就千万别回头。"

写给异国他乡的你：请照顾好自己

把我和你最美好的记忆编成诗，写在歌里，让风四处飘散。希望有一句可以来到你的身边，看着你长大，看着你结婚，看着你的儿孙打闹，看着你门前的老树长出新芽。

在所有流逝风景与人群中，你对我最好。

一切好好，是否太好，没有人知道。

即将要段考的我，拎着一颗叮叮当当无处安放的心迫切想找好友倾诉烦恼。突然，"滴滴滴滴"，手机响了。是天儿回复我消息了。

"……我是不担心考试咯。反正也是要出国的人啦。"

我深吸一口气，觉得突然有什么东西扼住了我的喉咙。窗外的风景反常地特别好看。这是一个阳光明媚的下午，亮堂的玻璃缸里，小鱼儿游得正欢。猫崽子花花突然"噗"一声，一只爪子拍进水里，想去捞鱼。听我一声怒斥，才悻悻缩回爪子，甩甩水，舔舔毛。

我深吸了一口气，克制住自己。"你 xx 的怎么也可以 xx 的就这么 xx 的走了？"即将要按下"发送"，又顿了顿，把脏话全部删掉。还是对好朋友温柔点吧。

"要去哪里啊？为什么要走？走了还回来吗？"

一边的花花边舔爪子，边用滴溜溜圆的眼珠子瞪着我。

"去见我的川普大哥。高三走啊。不是考你说的那个 SAT，是 ACT……"

我在屏幕这边听着他一本正经地解释，难过地沉默着。

天儿突然转换话题，发过来了一首五月天的歌。我一看，原来是最近五月天新发布的专辑——《自传》里的《好好》。天儿说："把阿信的声音当作是我说的话，送给你吧。"

想把你写成一首歌，想养一只猫。

想要回到每个场景，拨慢每只表。

时间就像突然凝固了一样。天儿突然变成了梦中的某个白净少年，盘腿坐在红瓦的屋顶上吹着口哨，冷不丁朝你递过来一只耳机。我接过耳机，却好像只能听见自己哭泣的声音。

天儿是我的老同学。从幼儿园到初中，已走过的大部分人生里都与他是同班同学。他一直瘦瘦小小，小时候就扮舞台剧里的小老鼠，直到现在还老是被拿出来说笑。他总喜欢在十二月穿短袖 T 恤，在八月穿抓绒外套——为了耍帅。不知道为什么，我们两家家长的交情特别好。天儿的妈妈常拉着我，数落自己家儿子大半天。

我们的友情大概开始于 2005 年，却在 2013 到 2016 这段时间迅速升华。不禁叹一声造化弄人。

友情之所以升华，可能是由于读初一时，一个阴雨绵绵的午后。

那天我和天儿在书城闲逛，看见他眼睛瞪得圆亮，朝一个方位发着光。我顺着他的眼神看过去，五月天叫作《诺亚方舟》的那张专辑封面上，是那头熟悉的活蹦乱跳的大象。

我说："你也喜欢五月天啊。好巧。我喜欢他们好久了。"他的喉咙似乎一下被哽住，开始吱呜乱叫，好像一时间找不到一个合适的词来形容他对五月天的喜爱和"他乡遇故知"的欣慰。

然后，就是许多个星期六的夜晚，KTV 里摇摇晃晃的彩色灯光。汽水饮料的瓶子"丁零咣啷"互相撞击，听着隔壁喝醉的大叔大妈唱着跑调的《刘海砍樵》，看着与我们结伴而来的小情侣卿卿我我……

天儿总会无奈地摇摇头，叹口气，默默坐在电脑旁，一口气点十几二十首五月天的歌。他转过头，问："你会唱这些吗？"

我笑了。"随便点，只要是五月天的我都会啊。"我说。他也笑了。

于是我们唱《如烟》，唱"有没有那么一种永远，永远不改变"；于是我们唱《仓颉》，唱"多遥远，多纠结，多想念，多无法描写"；于是我们唱《干杯》，唱"会不会，有一天，时间真的能倒退"；于是我们唱《咸鱼》，唱"也许放弃掉一些，会活得更轻松，我却不再是我"……

我望着天儿，望着他坐在高脚凳上唱歌时下垂的眉眼，突然想到了晴空万里的夏天，还想到了停泊在港湾里的渔船和折断翅膀的孤鸟，还想到了缓缓下沉的岛屿和摇摇晃晃升起的火焰。想到了橘子味的笑声和猫咪，想到了温柔得像毛毯的夜……

回过神，天儿还是安安静静地坐在黑暗里，一首一首唱着五月天的歌。两个孤独的灵魂闭眼唱着歌。歌声像是伸出去的臂膀，在黑暗中紧紧拥抱。

最安静的时刻。回忆，总是最喧嚣。
最喧嚣的狂欢。寂寞，包围着孤岛。

后来啊，天儿中考数学考了满分，但是语文勉强擦及格线，留在了分数线稍低的中学部，可惜与他做不成同学了。当我们的校巴停在中学部门口时，我总抑制不住进去看看老朋友们的冲动。天儿也每次都不厌其烦地拉着我们一帮子人，这儿转转，那儿转转，又一次次不厌其烦地挽留。"再等等，等等再走嘛……"

我们这一大帮子人，更是不厌其烦地跟着他，这儿转转，那儿转转，走着永远都走不腻的中学部红色胶粒跑道。

长大了，他大概是要继续他制作机器人的事业，去美国读大学对他的发展非常有利，作为实验学子还有特别加分。

于是啊，就此别过，各奔前程。

只是，后来的我还是只喜欢听安静的歌，像他一样，像那时的我们一样。

虽然它们中的大部分，已经不再是五月天唱的。

你和我背着空空的书包，逃出名为日常的监牢。

忘了要长大，忘了要变老。忘了时间有脚。

我想起了另一位出国党朋友然然。她出国也很早。小时候的她黑黑瘦瘦，总被外国的朋友问是不是柬埔寨人。

然然经常在北京时间凌晨五点半发吐槽自己华裔住家的朋友圈，总是用尽极其恶毒的语言揶揄着那位说白话的中年妇女。我去问她为什么。她支吾了很久，突然流下泪来。原来那个住家阿姨没什么文化，许多问题只会粗鲁地解决，不分青红皂白责骂然然，不给然然解释的机会。

然然哭着说："我每次打电话给妈妈，妈妈只会逼着我给住家道歉，妈妈只会说人出门在外都有难处。朋友圈就成了我发泄负能量唯一的场所。因为最亲的人不在我身边啊。"

我似乎能看见，大洋的那一头，然然啜泣着，把小小的身体缩成更小的一团。她全副武装自己的内心，假装有了依靠。

妈妈曾经对我说，即使非要出国，也不要十五六岁出国。我问她为什么。她说，十五六岁的年纪面临着许许多多重要的选择。如果没有至亲在身边陪伴帮助，一些决定一旦做出，便无法挽回。往左一步，是安全地带；往右一步，是万丈深渊。

这是她的看法。我听着，想起了远方的你们，内心中一种超级英雄的使命感与归属感油然而生。

希望异国他乡的你，孤独的灵魂总能找到正确的方向。

再累，再苦，再委屈，也总有我们在啊。

生命再长，不过烟火落下了眼角。

世界再大，不过你我凝视的微笑。

回到故事。

我听着《好好》，就像和天儿面对面坐着，却说不出话。幻想中，我接过了天儿手中的耳机，却听见自己哭泣的声音。

那天晚上，我做了一个很长很长的梦。

长大后的我，坐在台北小巨蛋里，望着五彩缤纷挥舞着的荧光棒。这是五月天告别演唱会现场。我低下头，拨打一个越洋电话，等着微弱的电波信号翻山越岭。

那头传来了一阵"滋滋"声。天儿接电话了。他先是"喂"了几声，听不见我说话，他也不再说话。

台上的阿信说："愿我们十年，二十年，一百年以后，还是能在同一片天空底下，这样唱着歌。"我低下头，对手机里的那个人说："你听见前奏了吗？"

手机里的那个人说："听到了。是《好好》。是那首《好好》。"

时间的电影，结局才知道。原来大人已没有童谣。

最后的叮咛，最后的拥抱，我们红着眼笑。

老去的阿信红着眼，望着天空，唱着歌，搂着身边的怪兽笑。后面的石头、玛莎、冠佑也默不作声，想在告别的时候坚强一点。

这次孤单的越洋电话，混杂于电波信号的兵荒马乱，奔向遥远的地方。

我知道，在那时，在美利坚的某个角落，不再瘦弱的天儿，一定会放下手里的机器人，安安静静地听完。然后，低下头，说得很小声，就像是说给自己听。

"我听到了。我都听到了。"

既然想念无法说出口，就让那首歌带着它翻山越岭。

像在水底，从一个月亮，走到另一个月亮。像包裹住睡眠的眷恋，像缠绕于指尖的岁月。像我闭眼，睁眼，你就悄悄走向天明。

把我和你最美好的记忆编成诗，写在歌里，让风四处飘散。希望有一句可以来到你的身边，看着你长大，看着你结婚，看着你的儿孙打闹，看着你门前的老树长出新芽。

然后，再悄悄说。

"我听到了。"

我们都要把自己照顾好，好到遗憾无法打扰。

好好地生活，好好地变老。

好好地假装我已经把你忘掉。

天儿，异国他乡的你。

J弟，大熊，老布，聂姐，小雨，莉娅，菲菲，阿政，然然……

异国他乡的你们。

作为朋友，我很遗憾没有办法陪在你们的身边。

可是，只要想想，墨尔本大街上来来往往的人群中有坚定目的地的你，黄金海岸边有喝着啤酒吹着海风悠闲自在的你，百老汇闪亮的追光灯下有光彩照人的你，佛罗里达的小酒馆里有弹着吉他的你，尼亚加拉瀑布下有举着"长枪大炮"成为摄影大师的你，早稻田大学里有数学无敌的你……

只要想到，世界各地，都有与我一样，努力捍卫着各自梦想的你，我就很安心。

写给异国他乡的你。

请照顾好自己。

有你们在，我真幸运啊

在灯光里，我好像看见了他年轻时的样子，笑起来也是这么好看。

突然就在这灰茫茫的景象下，感觉到无比心安。

星期一晚上八点，我写完了一半作业，趿着凉鞋，披着外套，下楼找值班的班主任波哥聊天。到了那儿，我发现班上的同学小 Zoe 坐在波哥旁边，于是在旁边等待。小 Zoe 手里捧着一本厚厚的《语文百题大过关》，应该是在问问题。

小 Zoe 问完题，起了身，又双手紧紧攥住手中的练习册，低下头，嗫嚅道："老师，可以和你说几句话吗？"没等波哥笑着点头，她就自顾自小声说了起来。波哥于是侧身，仔细地听着。

站在办公桌前写数学作业的我抬起头，开始放空自我。

西丽镇上夏季的夜晚总是容易起风，风在钢筋水泥的高楼大厦间漂流穿梭，来到这里。学校门前的十字路口空空荡荡，远处的车灯红黄相间，交错模糊，不断闪烁，像跌落到地面上的五彩星星。大风"呼呼"叫着，在空旷的留仙大道上，就像掠过城市中一片寂寞的原野。

我正放空着，突然听到吸鼻子的声音，转过头一看，小 Zoe 的眼睛红红的，一滴滴眼泪扑簌簌掉下来。她为了掩饰尴尬，对着波哥勉强挤出一丝微笑。

波哥眼睛直直望着小 Zoe，不知道在想什么。

我连忙去小尤那儿抢了几张纸巾，递给小 Zoe，而后，细细听了听，听了个大概。

小 Zoe 抓着纸巾说："他们总是说理解我，理解我，总是以为很懂我，可真的不是这样的。他们除了成绩外什么都不问，也许是除了成绩外，他们什么都不明白。他们会在我兴致勃勃地和他们说学校的新鲜事时突然插一句，'你作业写完了吗？'，粗暴地否认我的想法……"

听了几句就知道，"他们"啊，哦，就是父母嘛。住校的时候，碰见难过的事情，心里的绝望和无力似乎会被成倍放大。

何况这次使自己难过的人，是校园外仅有的依靠呢。

细细回忆，我自己也很容易因为一些小事经常跟父母生气。

有半数气愤没有表达出来，而也有半数，因为说不清楚生气的原因，到最后总变成我在"无理取闹"。

例如说妈妈吃个饭也不安静，动辄自拍十几张；例如说爸爸会喝醉了酒在家里追着花花大呼小叫，直到被挠上一猫爪；例如妈妈总是为我的一些小成就欢欣雀跃，发"贺电"到家庭群、朋友圈，好像要让全世界知道；例如爸爸有时对于我非常看重的事显得漠不关心，总是说"你自己去做嘛"。

生活中接连不断的小事情，不知道为什么，就是一股萦绕于我心头的无名怒火。这种控制不住对父母生气的行为，是不是处于青春期的我们共有的表现呢？

小 Zoe 抱着本子走了，我坐到波哥旁边的凳子上。我说："好像大家和父母都会有大大小小的矛盾。"

波哥歪着头，无奈地笑笑。他说："幸福的家庭大都相似，而不幸的家庭都各不相同啊。"其实，和我们班上个别同学遇到的事情比起来，小 Zoe 的事儿微不足道。紧接着，波哥又问我会不会也常遇到小 Zoe 这种问题。

我说没有啊，又在心里想，虽然有的时候会感觉到父母过度的关注让我喘不过气，或是在世界观、人生观和价值观这种宏大的层面与他们有些许出入，但父母总是会与我站在同一条战线上，应付生活中没完没了的破事儿，在绝大多数时候尊重我的选择。

在平常的交流中，我从来不会把父母当成"权威长辈"。他们要是谁在饭桌上谈学习，会被全家人批评的。我妈也不是除了分数一无所知啊，她还能教我写政治大题呢……

只要有他们在，总是让我觉得无比温暖舒适，特别有安全感。

波哥看我在思考，便没有接我的话。我抬起头，说："真的没有这种矛盾啊。像我妈还会经常帮我骗老师请假呢，但我发誓绝对没有骗过您。"

波哥调侃着说："喔唷，你和你妈是'沆瀣一气'啊。"

我笑笑："对啊，'同流合污'。"

波哥于是开始对当今社会家庭的普遍现状与他的亲身经历进行长篇大论。听着波哥慢慢地讲着，我在心里暗自叹了口气。比起他们，原来我还挺幸运的。

我两个月前搬家了，和父母一起，告别一起生活的外公外婆，从百花二路的南天二花园，自己家一百二十平方米的三居室，搬到了学校旁八十平方米的出租屋。

前几天妈妈说，租我们家房子的人开始装修了，墙都要打掉了。"你要不要再回去看一眼啊？以后我们那儿就不是以前的样子了。"

我说："得了吧，你咋这么煽情。"

她说："奇了怪了，以前煽情的不都是你吗？你咋一点感觉都没有啊！"

我在想，百花二路可是我住了整整十三年的地方啊。

我的记忆里，有小时候怎么踮脚都摁不到的四层电梯按钮，有每年夏天翠绿繁盛的树荫，有每年秋天落满一地的干枯昏黄。有春天盛开得很晚的木棉，可以捡回家煲骨头汤。有冬天光秃秃的树杈，可以折下来做弹弓。

有只有冬天才出现在街上的烤红薯摊。有夏天"啪嗒啪嗒"融化的小布丁雪糕。有曾经装潢精致，最后拉上厚厚卷闸门的五车书坊。有曾经人满为患，在最后一天清仓甩卖的心意轩。

有公交站牌上穿梭的黑夜，跌跌撞撞。有胶红跑道上洒下的晨光，摇摇晃晃。有一直抗拒，却无法逃脱的成长。

我为什么没有丝毫悲伤的感觉呢？

就是第一次段考的时候，要考数学的前一天晚上我躺在床上，翻来覆去睡不着，打电话给妈妈，说："要不我们走读吧。"妈妈说："好，我们走读。你先别想这么多，好好考试。"

考完了试，欣喜若狂的我什么都忘了。回到家开始呼呼大睡。妈妈在晚上八点把我叫醒，说："周日带你去看租的房子，顺便签合同啊。"

我真的被震惊到了。所谓的"火速执行"，大约就是这样的吧。

我看看身边的妈妈，突然想，其实记忆中还有很多其他的东西啊。有熬夜做课件的时候，妈妈煮的热米汤。有爸爸煮的红彤彤的大闸蟹，父女俩可以啃巴啃巴消磨一晚上。有我战战兢兢地和妈妈说"老师要找你……"，我妈潇洒地挥挥手"去就去"。有我小心翼翼地和爸爸说"我想要……"，我爸帅气地甩甩头"买就买"。

有深夜里的一双泪眼和两双肩膀。

有不知道多少次的"沆瀣一气""同流合污"。有我们一起度过的太多太多时光。

我真幸运。毕竟，"家"又是什么呢？不一定只是一栋住得很久的房子吧。

有他们在的地方，就一定是我的"家"啊。

说回故事。波哥抬起头，说他和自己的父母，也像小 Zoe 和她的父母一样，经常会感觉有隔膜，有距离。"可能是我们这一代人的共同点吧。在你们身上出现的就少一点了。例如你就不是这样的。"他说。

"但是，我一直在努力啊。我现在老是去听你们 00 后听的歌，看你们看的电视剧，就是为了以后和我女儿没有隔阂感。"

我说："那您的女儿真的好幸运啊。"他说："嗯，要是全世界的孩子都有你们这么幸运就好了。"

我还记得波哥在朋友圈里转过一篇文章，叫作《不要当孩子的好朋友，要当好他的起跑线》。

为人父母当然需要基本的原则。可如果能让孩子在家里有平等的发言权，为他营造出轻松快乐的生活氛围，又能教育他不失对父母的尊敬，肯定会更有利于他的成长。

这里的"尊敬"，不是盲目"孝敬"父母，不是"因为我是你爸妈，就一定要什么都听我的"，是求同存异，是建立在平等交谈基础上的相互理解。

这是我对"尊敬父母"的理解。

看见波哥的努力，我挺开心的。自己小时候缺少的"理解""尊重""认同感"，当然要在为人父母的时候，尽全力还给自己的孩子。"家"的感觉也是明智的父母们为孩子塑造出来的。

在教育的路上，我们一直在进化。

希望未来出生的孩子们，都能越来越幸运。

前几天的一个晚上，爸爸"呼哧呼哧"赶回家，给我做晚饭。他忙活来忙活去，花了 40 分钟，煮了一碗清汤面。爸爸一直被笑"做饭像绣花"，我也早就习惯了。

他喘着气，端上来两只大海碗，"哐当"放在桌上。花花扭着毛茸茸的屁股，纵身一跃，跳到饭桌上，睁着滴溜溜的圆眼睛，想看看有什么好吃的。

窗外的天空灰茫茫的，像被纸糊住的窗户。星星们好像闭上了眼睛，天地正为世间万物准备着一晚温柔的寂静。天气太热，在屋里昏黄的灯光下，一滴滴汗珠在爸爸赤裸的肩膀上滚动。

他手上拿着不知从哪儿捡来的纸壳子扇着风，笑笑，右手拿起筷子，把他碗里的煎鸡蛋夹给了我："你吃两个。"

我伏下头去，看着精致的瓷碗花边，喝了一口面汤。汤里有鸡蛋的香气，甜甜的。我抬起头，看见爸爸望着我，可能是无意识地在微笑。在灯光里，我好像看见了他年轻时的样子，笑起来也是这么好看。

突然就在这灰茫茫的景象下，我感觉到无比心安。

毕竟，有你们在，我已经足够幸运了。

毕竟，有你们在的地方，就是家啊。

来日方长，在路上

童年时不会沟通，只会顺从。

青春期时不会沟通，只会反抗。

我想，大概是记忆力太好的缘故，我可能永远都忘不掉童年时与钢琴有关的悲惨回忆。直到今天，仍然可以不费吹灰之力地回想那时任何一个细微的场景。后遗症就是，每次当那些黑乎乎的音符重新跳跃在我视线里时，我总觉得天旋地转，脑仁一涨一涨地疼。

好像是一个下午，天上的云轻柔柔地飘着，地上的草草嫩绿绿地长着，上幼儿园的我在家里玩小积木，不时唱会儿歌。

外婆兴冲冲地回家，说她给我报了钢琴班，今晚就去上课。我后来问她，为什么突然有这种念头。她绘声绘色地说，看见我在幼儿园上课，老师弹钢琴的时候，"极其有天赋"的我也跟着旋律，用手指灵活地敲击桌子。

不知道小时候是不是这个节骨眼儿脑袋突然短路，反正我可是从来没有过关于这次"灵魂演奏"的记忆。

我想，如果外婆愿意，她尽可在那时，把随着音乐胡乱挥舞双臂的我，想象成伯克利音乐学院预备役萨克斯手，百花新天地爱乐乐团首席小提琴手，隔壁家郑大伯御用贝斯手……

小孩儿嘛，因为好奇，起初总会对一切事物抱有最纯粹的热情。外婆看我学得挺好，自认为把我引上了音乐正道，得意扬扬。

过了一段时间，我感觉不对劲了。

我练习时间越来越长，练习曲目越来越多，七月考过一次级，本想好好休息一段时间，老师又紧锣密鼓地帮我找第二年一月考级的谱子。最关键的是，手摸到琴键时，我再没有丝毫兴奋的感觉。

没意思了。

记得钢琴老师姓李，胖胖的，眼睛大大的，总是穿着一身黑裙子，身上的香水味很重。她和我外婆聊天的时候总是笑眯眯的，但一开始教我弹钢琴的时候，立马转换了一副面孔，脸拉得长长的。我总在心里犯嘀咕，这根本没必要嘛，我本来就是一个老实的小孩，干吗没事儿老吓唬我。

有次我因为贪玩，一周都没有练琴，一上课就被李老师看穿了。她圆圆的脸涨红，两只原本就有神的眼睛更是又瞪大了一圈儿，像极了北京老胡同里绿色铁闸门上贴的平安符上的门神——

五大三粗，红光满面，虎背熊腰，凶神恶煞。

因为种种原因，如今的我，对于眼睛大的中年女人，常在心底抱有深深的敬畏感与恐惧感，看见就双腿发软，双耳发红，双手发抖……现在想来，与李老师可能也有点关系。

看我弹不出来，李老师怒目圆睁着，抄起手边的黑色圆珠笔。一个音错，就照着我白白肉肉的手指头"嗒"地敲一下。错一个，敲一下。到最后，黑色圆珠笔变成了李老师有力的大手，原本轻柔的"嗒嗒"变成了不耐烦的"啪啪"。

不知道为什么，当时幼小无知的我，委屈到不行的时候，却已学会了噘起嘴，咬住牙，强忍眼泪，即使忍不住，也要像大人一样，只准一滴滴悄悄淌下，绝对不发出声响。

我不知道怎么跟家里人交流，不知道如何表达"我不喜欢"，只会哭闹。那段日子一度很黑暗。我禁不住会想，音乐难道不应该是为人带来快乐的东西吗？为什么会让我这么难过呢？

不过还好，小时候的我，还是拥有一个能让我完完全全沉浸在其中的世界。从记事起，我身边的长辈们就喜欢夸奖我是"小文豪"，读书多。在外公外婆的老同事间，至今还流传着我"不到两岁能朗读下来一整版报纸"的神话。

现在回头想想，从前看过的书实在不少。作品从几米的涂鸦绘本到聊斋文言大部头，作家从费孝通到冯友兰；从马尔克斯到普鲁斯特，从卡夫卡到乔治·奥威尔；从三毛到李娟，从刘同到张嘉佳；从小学看得泪流满面的《小时代》（郭敬明的），到高中看得苦笑阵阵的"三时代"（王小波的）……可我从来只是草草阅读，不愿深入思考，所以看过的书又多又杂，却总说不出个所以然。

不过，这种粗放式的阅读，渐渐让我对文学创作产生了十分浓厚的兴趣。因为都看过，各种文体都想写一写，不管写得好不好，只图个自己开心。可这种五花八门天马行空乱七八糟的创作，还是因为小学时每天两堂的语文课，被语文老师"从深处发掘出来"了。

巧合的是，这位语文老师也姓李，也是胖胖的，喜欢穿黑裙子。不同的是，她年纪稍长（就称作"大李老师"吧），眼睛小小的，戴着细细的红边金属眼镜。她喜欢微笑，笑起来眼角的细纹特别好看。

那时我十岁。

记得有一天，也是个寻常的午后。学校后山的爬山虎正茂盛，带着爽朗的香气，留下暗绿色的点点痕迹，像在砖红色瓦墙上散落的点点繁星。在每周一次的范文朗读课上，大李老师又邀请我读了自己新写的诗。

我记得那首诗，好像是这样写的：

雨点啊，滴答滴答。

雨啊，越下越大。

手中的伞是我举世无敌的矛与盾。

我，独自跑回家。

雨啊，哗啦啦啦。

风啊，越刮越大。

木棉花被刮落到地上，变成火焰。

我，独自跑回家。

风啊，窸窸窣窣。

雾啊，越积越大。

恰好蒙住了他们的双眼。

我，独自跑回家。

雾啊，慢慢散啦。

远方，你到底在哪？

在坎坷中找到方向。

我，独自跑回家。

念完之后，我抬起头，看见大李老师的眼中闪烁着兴奋的光芒。她什么也没说，开始鼓掌。同学们都愣住了，只听见一下下的掌声在寂静的课堂里显得格外响亮。

后来，大李老师递给我一本叫作《雨霁》的杂志，封面很好看。她说："这是我们深圳实验学校的文学社创办的。"

她说，"好好学习，要考到分数线全市第一的高中部，雨霁文学社总部在高中部。坚持阅读写作，雨霁文学社就等着你。雨再大也要跑回家，实验就是你的家，文学就是你的家。"我说："老师，我现在连全班前五都考不到，以后怎么上高中部啊？"大李老师笑了，摸摸我的头，说："来日方长啊，你任重而道远。"

我点点头，嗯，来日方长，又不服气地想，哼，我才不要只是去雨霁文学社呢，我要当最厉害的大社长。

后来的我慢慢长大，一看见钢琴，手指不由自主地发疼，手臂不由自主地难受，眼睛不由自主地流泪，嘴里不由自主地哀号，就像得了一种怪病。最后，闹得家里人实在没有办法，就停了钢琴课。我顿时从头到脚，一身清爽，吃嘛嘛香，身体倍棒。直到现在，已经完全不认识五线谱的我，想起当年一节小一千的钢琴课，忍不住肉痛。

小学五年级，我和好朋友去学了一年吉他。好朋友后来放弃了，我却有如找到真爱般，重新沉醉在音乐世界里。因为实在没有时间上艺术课，学到点基础指法的我，就此在家自学，研究吉他弹唱。后来也在初中的校歌赛上，作为"民谣歌手"小火过一把。

近来高中学习紧张，琴技逐渐荒废。暑假的某个晚上突然兴致大发，抓起身边的吉他，要从头来过。既然荒废了琴技，那就要严格一点，督促自己赶快捡回来。节拍找不准，翻出生锈的节拍器，给个 beat，四四拍的那种！和弦转换不够快，手笨拙了，练，练十遍再休息！手指上的茧不够厚，弹的时候疼，那也要忍，忍着……

突然发觉了什么，丢开吉他，我瘫倒在床上，作惊愕状。现在严格要求自己的这一套一套，原来都是从"凶狠的"钢琴老师那儿学来的。

我知道，我们可能都曾有过同样的经历。在幼年时，我们尚不知"叛逆"为何物，都是听大人们话的好孩子。

大人们说，花费很多很多的时间，去干这件事，就会变成技艺精湛的高手。你便顺从地去做了，即使不愿意也悄悄忍在心里。可能是逼喜欢幻想故事情节的你去学钢琴、小提琴，可能是逼喜欢大声歌唱的你去学画画、芭蕾……

不敢和大人说"我不喜欢，我不想"，怕被认为是"不识好歹的坏孩子"。

真想替小时候的我说一句："可我不想成为技艺精湛的钢琴高手啊！"我或许想成为技艺精湛的诗人，技艺精湛的小说家，技艺精湛的民谣歌手……我只想用足够的时间去做我喜欢、热爱的事，并快乐无忧、无愧于心地度过这一生。

小时候什么都没说，后来呢，就到了灾难般的青春期。

本来就是一个看什么都不顺眼的年龄，更不用说整日屈服于长辈"淫威"的那一个两个了。于是，挺直日益生长的腰杆，挥舞肌肉壮实的手臂，擦擦布满青春痘的脸庞，背上身上的"偶像包袱"，与全世界作对。尖叫，怒吼，打碎的瓷盘子，摔上的房门。横冲直撞，遍体鳞伤，两败俱伤。光影散落下，并无满眼飞鸿，只有失望至极的一对双亲与眼睛布满血丝、像个怪物的你。

其实青春期与父母之所以会出现这种问题，和童年时本质上是一样的：因为缺少沟通。童年时不会沟通，只会顺从；青春期时不会沟通，只会反抗。

我已经忘了从前是否和家里人认认真真沟通过，只记得最后的一次钢琴课，是在我无休止且刺耳的哭闹声中结束的。

虽然现在想起来怪可怜的，还是要自我检讨一下。

自认为，我的叛逆期还没有过。心头总是会充斥着无名的怒火，只是能忍回去大多数。很庆幸，家里人在发现我实在不是练钢琴这块料时，没有骂我游手好闲，好吃懒做，而是任由我去做喜欢的事情。

可我也想说，即使被硬生生逼着去学了那么久的钢琴，我几乎不后悔。首先，它帮我积累了一定的乐理知识；其次，它帮我提升乐感、唱歌音准……最重要的是，我在这么多年的练习当中，早已练就隐忍的"金刚铁骨"。

兴趣爱好，业余技能，总是要在尝试中寻找到最适合自己的那一个。在遇见你的"命中注定"之前，多浪费些时间也没关系。

在不停犯错的路上，我们一样会学到很多道理，帮助我们去和最后的"命中注定"更好地相见。

所有事情都是这样。

世界这么美好，一定要做着自己最喜欢的事情度过余生。

若是害怕浪费时间，就随意在哪处停下了，多吃亏啊。

为了找到真正热爱的东西，晚一点也没关系。

因为来日方长，路还远着呢。

说完了与钢琴和吉他的纠葛，再说回文学吧。

后来的我，一直很听大李老师的话。好好学习，考到了分数线全市第一的深圳实验学校高中部，坚持阅读写作，如愿以偿进入雨霁文学社。

还有个小小的惊喜：当年那个不服气的我果真成了雨霁文学社的"大社长"，不过并不是一个很厉害的"大社长"。

竞选上社长的那天，我发短信给大李老师。大李老师发来了长长的一段祝福语。我读着，好像看见了屏幕那头的她。和六年前一样，她把红色的镜框轻轻取下，小小的眼睛盈满笑意，眉头的细纹微微皱起，象征岁月静好。

她最后说："你的梦想终于'初步'实现了，那就祝你在文学的道路上越走越远。"我本来还想说些客套话，想想还是作罢。手指摸索着键盘，而后打出四个字：来日方长。

说来也是惭愧，这么多年来唯一坚持下来的东西，就是吃饭、睡觉、穷开心，还有阅读、写作。而阅读写作呢，从来没有完完美美地做好过。倒是"吃了就睡，睡了就吃"这门技术，早已练就一身绝学。

可是很奇妙，阅读和写作也在这么多年的"三天打鱼，两天晒网"中，日益变成我生活里不可割舍的一部分，就像吃饭、睡觉一样。或许，这比一蹴而就更能细水长流。

因为我不够好，所以要一直做下去。因为我还想更好，所以要一直做下去。因为像吃饭睡觉，不做心里闷得慌，所以要一直做下去。

无论如何，一直做下去，是因为热爱。一旦找到了你"命中注定"的爱好，就一定要好好对它，别因为你的懒惰，让它再逃跑了。

所有事情都是这样。

即使已经熟悉到成为生活的一部分，也要时不时来一些"冗长的刺激"，给生活加点料，努力做到"技艺精湛"，才对得起它。

所有事情都是这样。

为了最后能遇见它，多浪费点时间也没关系。只要能认真做好一件事情，浪费自有意义。

来日方长，还好我的努力有方向。

在生日前两天，我背着一包数学作业，去上步路的酒吧，点一杯果汁，听一个很喜欢的民谣歌手唱歌。雨夜光怪陆离，观众躁动不安。尖叫，嘶吼，吉他刷错一个琴弦。他皱眉，抬头，说："最后一首歌，就唱《来日方长》吧。"

不知是否是灯光太过昏暗缠绵的缘故，心头似乎一下被这四个字击中，瞬间变得柔软起来。

在杯盏"丁零哐啷"的撞击声里，在高声喝彩的人群里，在歌手深情的歌声里，顺着"来日方长"这四个字，我仔细回想过去的事。

有快乐，当然也有悲伤。

最后，打算写下来，给你们看。

他最后唱，"路漫漫，来日方长。"

我想，来日方长，我在路上。

　　如今长大的心里，也总是会为当年那个头发乱糟糟，脸上油乎乎，穿着大到不合身的校服，却一心想着诗和远方，成天笑嘻嘻的小胖妞留一个最前排的位置。

　　想说，谢谢你敢于放弃不适合你的道路，坚持自己热爱的事物，成就了如今的我。

　　我总相信，这将会是很长、很好的一生。

　　写给十六岁的自己。

且容我偷来时光，与你重逢

我不知长大成人的小芳会出落成何种模样，能否手边多钱财，方寸永不乱，此生有无疾病侵扰，脸上快乐赤诚是否需要假装。

2017 年，某一个周四的下午。文学社的课讲得不算太成功，同学们总是闷闷的，打不起精神。好不容易完成了任务，我已经筋疲力尽，孤身一人拎着长长一串钥匙离开，步子似乎也跟着"丁零哐当"的，在空空的走廊里回荡。

回到班里，天已黑了大半，却仍有稀稀落落的光溜出来，拿着金色的画笔，勾勒云彩的轮廓，如钱钟书老先生所写："夜仿佛纸浸了油，变成半透明体，给太阳拥抱住了，分不出身来，也许是给太阳陶醉了，所以夕阳晚霞隐退后的夜色带着酡红。"

我坐在空无一人的教室里写数学题，忽被对面舞蹈教室里亮起的橘色灯光刺到眼睛。我连忙去拉窗帘，无意间瞥到教室里正独自练舞的女孩子。

她对着手机里播放的画面，身体灵活地律动着，时而挥手，时而跳跃，表情好严肃。如果我再靠近一点，或许能看见她额头上滚落的汗珠。

刺眼的橘光，青春的倩影，恍然间，竟使这不愠不火的冬季变得温暖且熨帖，似老友呢喃耳边"近来寒暑不常，希自珍慰。"细腻耳语瞬间填满偌大的城市，赠予落寞的我万千柔情。

那段回忆再次涌上心头。

那次学校开展社会实践活动，组织高二年级的所有同学前往井冈山。

"要一个黄昏，满是风，和正在落下的夕阳。如果麦子刚好熟了，炊烟恰恰升起。那只白鸟贴着水面飞过，栖息于一棵芦苇，而芦苇正好准备了一首曲子……如此，足够我爱这破碎泥泞的人间。"

我曾无数次幻想，我该会是在人生的何种时候邂逅余秀华诗中这样的一个黄昏。原来，就是这天。在江西省井冈山市下七乡杨坑村的这天，在我十六岁三个月零七天又五个小时的这个瞬间。

一阵冷风吹过，空气越发潮湿寒凉。我们站在小洋房门口，齐齐把手缩进袖子里，身体止不住颤抖，内心止不住狂喜。远处是刚收割过的稻田，低矮的沼泽波光粼粼，绿色的，金色的，都闪耀着。花色的野鸭捕捉泥鳅，"嗖"地掠过水面，引得女孩子吱哇乱叫。

男孩子们在自己开辟的沙土地上踢足球，冲撞着，吆喝着，回力鞋掀起纷纷扬扬的尘埃。乌黑的脸蛋和裤腿上沾着的泥点，可真真是"返璞归真"了。不知是谁抱来了自己家的小孩，转着滴溜溜的大眼睛，奶声奶气地吹着牛皮，惹人疼爱极了。房屋的炊烟伴着饭菜的香气阵阵飘来，阿婆用客家话招呼我们进来坐，皱起的眼角盈满笑意……

我想学王小波，说：今天我十六岁，在我一生的黄金时代。我有奢望，我想吃、想爱，还想在一瞬间变成天上忽明忽暗的云。后来的我也没有知道"生活就是个缓慢受锤的过程，人一天天老下去，奢望也一天天消失，最后变得像挨了锤的牛一样"。因为我十六岁时预见不到这一点呀！

我觉得自己会永远生猛下去，什么也"锤"不了我。

当然，除了这个带着金黄的稻田的黄昏，还有湿凉的空气与陡峭的山路，冰凉的洗菜水与漂浮在洗菜水里的鸡毛，半熟的冬瓜与班主任皱起的眉头……

以及，漫天的星辰与跳动的篝火，篝火后一张张年轻且喜悦的面庞，以及夏目漱石藏在每一句"今夜的月色真美"之后的"我爱你"。

高中啊，好像就是一个与这世界接触又远离的过程。迅速到达，迅速离开，迅速成长，迅速失去。记忆却美好得，美好得像是要拿余生去细细咀嚼、回味。

真是一大憾事。

在杨坑的住家小孩名叫小芳，眉毛弯弯的，眼睛大大的，留着乖巧的蘑菇头，像极了歌谣里唱的"长得好看又善良"的那个小芳。

初到小芳家时，我竟莫名产生了一种"进城"的错觉——三层半复式小洋房，曲屏大电视，可以切换色调的大吊灯以及五平方米的洗手间……而后的两三天，"瘫在小芳家巨大的沙发上，度假式消磨时光"成了我们每天必做的活动。

小芳十分热情开朗，不出一天就差不多认全了我们班上的同学。我们集体活动的时候，她总披上一件粉色的羽绒服，有时悄悄地跟在大队伍后面，有时走在前头带着我们。不与她搭话时，她便不言语，一与她搭话，她便笑得开心，双眼弯得像嫩绿的柳梢。

小芳喜欢拿着自己的手机看小视频，小视频中总是会传出"狂霸酷炫拽"的劲爆配乐，令人不自觉抖腿……每每想起潇洒自由的她，脑中总为她勾勒出一副腾云驾雾的"女英雄"模样，不由得"哈哈"一笑。

要离开的那天晚上，我跑去其他同学的住处玩，小芳为了"保护我"，也要跟着去。散场时已是深夜，我们挽着手走回家。

觉察到离别将近，氤氲在空气中的寒意也变得温柔似水，像一支点燃的香烟，任它飘散后竟觉烫手。天上的群星闪烁着，由远及近，一针一线缝起绵长的黑暗，幕布似的沉重，竟像要一片一片倒下来。

月光下，我和小芳的影子被拉得很长很长，延伸到路的尽头。

我和小芳聊起对未来的期许。我问她学习压力大不大，她说不像我们要在学校外上辅导班，他们每周会在学校多上半天的补习课。小芳这年中考，我问她想上哪所高中，她想了想，回答了一个重点中学的名字。我问："那大学呢？"小芳说："我不知道了，没想过呢。"

路旁灯火飘摇，照映着远处高低起伏的青山，像母亲温暖的胸膛。小芳的睫毛在月光下微微闪动，像在踌躇，像在深思。

我挽着她的手不禁用力。我说："加油啊。"她说："嗯，会的。"

山雾渐起，阴转为昏，昏凝为黑，黑得浓厚的一块，令人心生恐惧。

还好，我们到家了。

后来啊，到了告别的时刻，小芳还是哭了。曾招待过我们的上一届，自诩"一回生，二回熟"的小芳，还是哭了。

我们纷纷围绕着她，给她递纸巾，抱着她说，要努力读书，挣大钱，孝敬爸爸妈妈。不知为何，简简单单的话语也声音哽咽。

安顿好行李，坐上大巴。我望着车窗外落寞的小芳，想起那天我们走在出城的小路上，想起在集市上她用竹签递来的一口麻辣烫，眼眶中的泪水突然落下，视线模模糊糊，看不清楚。积压在心头说不清道不明的悲伤像断了线的珠子，随着眼泪齐齐滑落。

耳边隐约有个声音问我，刚刚是不是不好意思在人家面前哭啊？我连忙朝那声音的方向摆摆手，却不知道如何作答。

后来的某天，我终于明白了当时郁积在心底的绝望，其中的某些含义。

我不知此去经年，能否再见，不知这片村庄能否如旧，不知生命中还会不会有如此好的日子。我不知长大成人的小芳会出落成何种模样，能否手边多钱财，方寸永不乱，此生有无疾病侵扰，脸上快乐赤诚是否需要假装……

我不知她未来会在哪里，也不知自己未来会在哪里。

我无法知道，无从知道，或许也不想知道。

而后，我们回归到紧凑得不许人喘息的世界里。关于那片土地的回忆却常常游荡于我脑海，似梦似幻，充斥着生活每个渺小平庸的时分，与每片孤寂的夜。

可是啊，一旦有回忆下酒，每个渺小平庸的时分，每片孤寂的夜，似乎也变得光荣万分，光芒万丈。

昨天，在华强北看完了吴君如自己导演的一部电影，虽说是无厘头喜剧，心里头却闷闷的，笑不出来，只看着她的脸，总觉眼熟。

这也是一个黄昏。车窗外，云彩稀散地飘着。天色逐渐暗沉下来，像是盖上了灰蒙蒙的一层纱。一束夕阳斜斜地洒进来，被窗沿切割成几何形状，掉落在人脸上。

绿灯闪烁，汽笛轰鸣。窗外骑车飞速驶过的青年人，带起一阵风，身影消失在道路的尽头。晚归的雁群沉默，不再有回声。

我小时候住在华强北十几年，现在回来，不觉荣归故里，反倒近乡情怯。妈妈说，我们在百花的房子已被租户修改得认不出原样，想想有点可惜。

汽车驶到红荔路路口，我总想着一拐弯可以到花卉世界里去看看，却猛然想起花卉世界已被拆迁，心头更是说不出的失落。约莫四五岁时，我总喜欢趁妈妈买花时去逗小动物，摇着尾巴的小奶狗，蹦蹦跳跳的花松鼠，圆滚滚的大白兔，我都喜爱。我一撒娇，妈妈总会为我买上一只小仓鼠或是一只小兔子，欢天喜地地拎回家。到了九岁后，望着家里拆卸完堆积如山的铁笼子和满满一柜子宠物用品，我总是有些恍惚：买过的那么多的小动物，最后都去了哪儿，我也回想不起来。送人的有一两只，我是记不清楚了，剩余的怕是都……

想想那么脆弱的小东西，在漫长的岁月中一个接着一个死去，也是怪可怜的。假若生命短暂，假若没有记忆，日子里或许能少些悲伤，也无须理会旁人唏嘘。

任它去吧。

沉默着，我突然想到，啊，原来吴君如饰演过电影《岁月神偷》里鞋匠一家的妈妈，怪不得眼熟。我记得电影画面里的她穿着新皮鞋，踉踉跄跄走在刚被台风无情蹂躏过的香港城里，却又不失温和优雅。

电影里的她大咧咧笑着说，做人，总要信，总要信。"'鞋'这个字，左边是'難'，右边是'佳'，过日子也是这样，一步难，一步佳，难一步，佳一步。"冗长平淡的叙事手法缓缓激出我的眼泪，她的背影被夕阳拉长，温柔地定格在我心中。

长大后的我明白，电影里说把心爱的东西扔进"苦海"里，把"苦海"填满，就能与想念的人重逢，都是假话。心爱的东西迟早会被岁月偷偷拿去，想念的人迟早会被岁月偷偷带走。

或者所谓春天，也不过如此。几个折磨人的邮戳，一些欲望和灰尘，分期的自缢与不放糖的咖啡，高过所有暮色的楼房与怕极了旧书的旧书签。

或者所谓悲喜，也不过如此。岁月荏苒，昔日已逝，来来去去，再找不回同样的一个瞬间。

或者所谓人生，也不过如此。

我要负重前行，如果可以，我要往前走，走到 2018 年，走到 2028 年，走到很多很多年以后，遇见那个更好、更强大的苏岩，告诉她不要忘记梦中的远方；告诉她这么多年的寒来暑往，伤春悲秋是她的勋章；告诉她，我正在很努力变成她的样子；告诉她，请等等我，我马上就到。

天地无情，人生幻梦，且容我偷来时光，与你重逢。

余生的第一天，你好。

感动要留在心里，仔细决堤

波哥有天在语文课上说："这些日子兵荒马乱的，希望你没有放弃你自己。"已经忘了上下文，每每想起这句话，只有种折戟沉沙的悲壮。成长的路上，我们都是披荆斩棘的大英雄，心底却也为谁悄悄织了张网，捕捉温柔的暗涌，等到了收获的季节，轻轻抖动大网，暗涌落下，汇成一片汪洋。

于是，我将那些人的名字刻在了岸边的石头上，将那些人的故事写了下来。

故事从这里开始

> 说起来也是有缘，我们没有找到其他小猫，就直接把它带回了家。

"丁零零——丁零零——"飘荡在窗外隐隐约约的单车声忽远忽近。上班族自行车的脚蹬子飞速旋转，好似要和铁链擦出火星。门口的早餐店也像以往一样被人群堵得死死的，马路上川流不息的车子奔向同一个方向——这似乎是个平常的工作日，不过——

这是高考前的最后一天，我不知道学长学姐们是依然要扎堆于各类书籍中奋斗它个最后一晚，或是早早睡觉调整心态，还是把书洒落一地来发泄心中的苦闷……这些对于没心没肺的我来说，也都不重要，反正我们学校放假一天！

上学的点一过，街道似乎安静了起来，鸟儿蹦跳着发出的叫声逐渐变得清晰了起来。老爸醒来后说："之前计划好的，我们今天去带只猫咪回来。"

来到公园，我们一个猛子扎进草丛里，很奇怪，平时窜来窜去的活泼身影现在一个都没看见。仔细找找，才发现有一大一小的身影在穿梭——爸爸在不停晃动的树叶中，不顾大猫的叫声，伸手抓住了小猫。说起来也是有缘，我们没有找到其他小猫，就直接把它带回了家。

车上，街边景物不断流动着，影子遮挡住了小猫漂亮的皮毛。我抱起它，借着跳跃的光线渐渐看清了它的长相：半黑半白的脸，半黑半白的身子，半黑半白的小爪子。俊俏的小眼睛闪烁晶莹，是个十足的"美人儿"。它有些害怕，惊慌地盯着我，眸子滴溜溜地打转。

回到家，我帮它洗了澡，小猫身上的白色显得更加鲜亮。吹风机一吹，一根根小绒毛随风散开，像路边卖棉花糖的老人手中变戏法似的出现的缕缕"云彩"。爸爸在旁边说，既然是只漂亮小花猫，就叫"花花"吧。果真，叫"花花"，小猫也答应。花花背上的黑色毛也像一只猫的形状，看它蹲着，就像人一大一小两只猫前后蹲着。它是个"自来熟"，看见有人来，也只会抬起头来慵懒地叫一声。

此时的它，正趴在我的作文本上撒娇，一会儿挠挠这个角，一会儿挠挠那个角，胆大时，对着不断活动的笔头啃上一口。被轻轻推开后，它趴在一边，用充满委屈的大眼睛瞪我一眼，假装要走开，发现我没有反应，只好有些不服气地躺在一边……

我希望这个夏天，有花花的陪伴可以更快乐，更希望以后的日子里，我可以陪着花花一起长大，成为彼此不可或缺的一部分。

故事从这里开始！

致花花的一封信

你喜欢晒太阳，于是你踩过的键盘上，打出来的话语都是阳光的味道。

花花同学：

　　展信好。

　　2015 年 6 月 6 日，雨下得很大，我们全家人出门下馆子，从大排档回来的时候，就略显狼狈了。一只手举着已经有几根骨架断裂的伞，一只手慌忙摁亮手机看时间，怕错过接下来的补习班。

　　湿漉漉地回到家，打开门，你如往常没有人时一样，不安地在沙发中央蜷成团。听见了我的声音，也并未抬头，只是放心地将腿极力向后伸展，露出白花花、圆鼓鼓的肚子，再眯起眼，示意我坐过来。

　　我看着表，还有十几分钟，于是躺了下来，想好好地看着你。

云层的乌青色从东至西，像是被上帝的笔刷层层涂抹过般愈发浓厚，要渗出墨似的，在无边无际的黑夜中涌动着，带来湿润的空气。我索性拉上窗帘，关上灯，让那逐步迫近的黑暗捅破白炽灯光的阻挡，压向小屋内每一寸光鲜的色彩。

你甩甩尾巴，咂咂嘴，翻了个身。我听着你有节奏的呼吸声，想让时间永远停在这里，什么也不用去想。

暂且不说为什么我要给你写信，也暂且不说为什么没有语言中枢的一只猫可以读信，就说说从 2014 年 6 月 6 日到 2015 年 6 月 6 日，我们一起走来的这一年的时光。

我从来没有想认真地和你说会儿话。可能在你的眼里，被你萌得手足舞蹈的我，被你抓得皮开肉绽却还是含泪送上美食的我，发现你不见就立马搞封建迷信，网上请"大师"来施法的我，就是个彻彻底底的傻瓜。

望着你那在空中不安分地四处飘扬的毛，我才察觉到夏天的来临。转眼，一年过去了，在你拼尽全力与我抢夺空调房最小风的那个位置时，我突然产生了一种冲动，拿起笔，将我这么久没说出来的话一股脑说给你听。

不知道是为什么，我想起了那个初夏第一次来到我家的你。被洗去满身尘土飞虫后，你在光滑的水泥瓷砖上颤颤巍巍地走着，却不肯让人抱起来，像顽皮的小孩跑上冰冻的湖面，却开始感到害怕。你几乎要放弃，突然来了个四脚朝天，把带着黑花儿的小肉爪高高举向天空，一脸无奈的模样。吃完午饭后，我一股脑把自己卷进被子里，在布满阳光的午后享受着空调的凉爽，很快就迷糊了。

蒙眬间，我只觉得有个毛茸茸的小东西正极力把被子拱开，一睁开眼，你黑乎乎的小嘴巴就像是一个发足了力的"钻头"，在我与被子间拱出了一个能使你通行的"通道"。接着，你终于调整好姿势，旁若无人地，一屁股坐在了我的身上。我边惊异着你的"宾至如归"，边开心地搓搓你的白胡须。

日光下澈，那柔软绵长的阳光，在触碰到小小的你的一瞬间，散布到每根细小毛尖的末梢，像是泛起一层金色的轮廓。

似是天使又是恶魔的你，还是对外面的世界念念不忘。总是想找机会去看看这个如此大的天地，却又总是忘了回家的路。不知道为什么，花花同学啊，一秒钟没有发现你的身影，我就会开始变得惊慌失措，如坐针毡。

记得那次你不见，已经过去了大半天，我越来越耐不住。那是个黄昏，天上荡漾着橙色与紫色碰撞出的混合色。我无助地一声一声叫着"花花"，声音冲击到一幢幢钢筋水泥的楼房上，即刻没了任何回响。我就这样，"扑通"一声跪到车旁，挪动着破皮的手掌，一声声呼唤着你，从傍晚到深夜。

花花同学，你好像就是从那次走丢后才彻底记住了自己的名字吧。你就蹲在楼上两层，与我们家同样的位置，傻傻地对着门叫唤了一天。不知是该感到遗憾还是感激，多亏"君子之交淡如水"，没有一人理睬你，我才能找到你。

那天晚上，我帮你洗干净沾满灰尘的白毛，打上沐浴露。你起身，窝在一旁，背上的黑毛被多余的肉肉撑了起来，显得油光发亮，带着令人心安的温度。花花同学啊，你说，要是我被全世界遗弃，你会成为我的最后一件行李吗？

同样不知道，为什么我总要把所有要写的东西拖到深夜才写，可能是因为安静的环境更能启发我吧。也感谢你，花花同学，陪着我一周七日挑灯夜战，虽然也总是会一爪子撕坏我的本子，或者一屁股坐在键盘和鼠标上。

你茶色的眸子从不会离开我的笔尖一眼，你最喜欢的水果是橙子，于是你趴过的纸张上，写出来的文字都是橙子的味道。你喜欢晒太阳，于是你踩过的键盘上，打出来的话语都是阳光的味道。

巴掌大的你被抱走时，听着老猫的哭喊，呆呆地没发出声音，安静地蜷缩在我的怀里。我把你裹进衣服里，不顾你满身的跳蚤虱子。

一年前，我全身湿透，但你没有淋到雨。我保证，这一辈子，我都不会再让你淋雨啦。

你的朋友：苏木只

2015 年 6 月 6 日

你像极了时间

无论你身旁的人脚步再快，你仍是踟蹰前行。

天色渐渐暗下来了，路旁的灯显得愈发明亮，绛紫色的云彩中拨出些许月亮的光泽，落在仍有积水的人行街道上，显出刺眼的白，像是被老天哭湿的枕头。

晚饭过后，城市中家家户户响起了"叮叮当当"的刷碗声，灵活的筷子有条不紊地在装好洗涤剂的碗里搅动，碰到碗沿时，发出的响声清脆悦耳，一声接着一声。人们灵巧的双手就这样送走了无数个飘着家常菜香味的夜晚。手中的碗筷是小舟与桨，在时间的长河里逆流而上。

一阵洗涮后，万物恢复了平静。路旁各种商铺的霓虹灯招牌早已亮起，像极了马路牙子上那个背着破吉他、拖着劣质音响的少年，桀骜不驯地瞧着这个世界。我关上窗户，打开左手边的台灯，摊开泛黄的纸页。

在很多的小细节里，在放下碗筷的一刻，在带上门的刹那，在轻举起手中的笔的瞬间，我想起了那个苍老脆弱、无数次触动过我的你。

那似乎是个早上。夏日炎炎，我的身上好像是长出了一块块汗斑，奇痒难忍，挠破了，又疼痛难耐。夜夜在空调房内躺着，也难以缓解我的不适。

就是这个早晨，你随手关掉电视，推着轮椅，说："我要出去走走。"外面的阳光正好，树叶泛起一层绿油油的光泽。一两只麻雀转动着细细的脚踝，在林梢间跳跃、穿梭。小区的柏油马路空空荡荡，偶尔骑着单车呼啸而过的孩童天真无邪。你每天早上都会出去走走，今天也不例外。伴随着夏日滚滚的热流，我看着你的背影越来越小，逐渐消失不见。

八点、九点、十点……依旧不见你回来，我们的心里似乎都有些慌张。你已是杖朝之年，讲一口湖南话，听力也不好，我们怕你走着走着就迷失了方向，找不到回来的路。我与爸爸妈妈、外公外婆一同冲下楼，焦急地跑遍小区，呼喊着你。楼道里、健身器材旁、棋牌室都没有你的踪影。我们无奈地回到家，不安地想着寻找你的方法。

快到中午十二点时，你的身影终于出现在门口。我们长舒了一口气，迫切地想知道你究竟去了哪里。你瞪着眼睛，含糊不清地说："就在楼下头散步啊！"之后还煞有其事"愤慨"地拍拍手，蹭蹭自己黑不溜秋的裤子。看你这副模样，我们也不好多问。

直到傍晚，我们突然发现脸上有丝焦虑的你拨通了一个电话。铃声响了很久后，那边的人才接起。你的手缓慢地挥到空中，生硬地使用着普通话的字眼与电话那头的广东腔沟通。

我们挂掉那电话中漫长的敷衍，奇怪不太与人交流的你为何与陌生人打起了电话。你布满皱纹的面庞上浮起一丝愤慨："我买药，他不给发票！"待到我们还不明白你在说什么时，极力想解释的你突然夸张地抬起脆弱的胳膊，指指手肘，再指指我。原来，你在电视上看到了治疗汗斑的广告，就推着那小小的轮椅，想依靠着电视上的指示找到那家药店。

没人知道你是如何横穿过路上的车水马龙，在路上旅客行色匆匆的华强北中缓步走过，最终找到那家破旧简陋、不开收据的小药店，并准确无误地找到要给我的药的。你像极了时间。无论你身旁的人脚步再快，你仍是踟蹰前行，或许是为了达到宇宙尽头，或许也只是想为重外孙女儿买一瓶药水。

在我们明白你的意思后，你的眉头终于舒展开来，咧开嘴笑了。渐暗的天色里，你的脸上洋溢着慈祥与欣慰，像是夏季一片正待收获的莲塘。

那好像是你最后一次来深圳。原谅我当时的年幼无知，竟从没有把奔忙的心放下来，与我的老姥爷好好道别。只记得那次之后，我再次从长沙回深圳，你在送我们下楼时，用力地用袖口摩挲着泛红破皮的眼角，不愿抬头，直到车子消失在地平线那端。那也是我们最后一次相见。

我一到夏天就出现汗斑的病也慢慢好了。那瓶廉价刺鼻的药水，如今却依然摆放在我的床头。

我翻箱倒柜找出好久以前的老照片，拍拍灰，翻开一个个故事：你与姥姥被一个家庭的子女幸福地簇拥；你在邓小平像前一脸凝重，把腰杆挺得笔直；你看着我笑，脸上泛着油乎乎的光，牙齿参差不齐……

印象最深的便是那次过年了，我穿着鲜艳又俗气的红衣服，你穿着那件无论何时都熨得平整的衬衫。那千万次都未曾说出口的感激与想念，在那时，自然也被深埋在心中。

"三、二、一，茄子！"

记得那时虽然寒冷，太阳却很大，被阳光刺得难睁开眼睛的我根本看不清前方的摄影师。就像现在的我，视线也是一片模糊。

这些就是想对你说的话，希望你能听见。

生长痛

伴随着膝盖骨阵阵撕扯般的痛感，我们就这样，在连绵不断的疼挛中如雨后春笋般成长。

"拿出语文书准备早读！"七点四十，初夏的晨光轻柔地穿过层层覆盖的浓浓绿叶，带着讲台下同学们极不耐烦的敷衍声，与台上纪律委员无奈的表情，在空旷的操场上落下点点斑驳。而剩下的那一小撮，则随着一阵越来越近的脚步声放大，再放大，最终变得耀眼明亮。

"怎么还在吵？""回位！""声音大些！"讲台上的你相比起其他老师，还是多了那么一丝不知所措。一边胡乱地跟着我们默念语文课本的内容，一边用小小的眼睛狠瞪着那些"活跃分子"，最后在发现自己的威慑力微乎其微时，故意把气叹得很大声，好让我们听见。

天气渐热，你却还是穿着那件教工的长袖衬衫，整个人显得格外干净。有些灼人的太阳光线，在触碰到你瘦削却挺拔的身躯时，瞬间化为一缕缕温柔。

一说到要写关于老师的作文，我脑中第一个浮现的就是每个清晨匆匆赶来的你，提起笔，或许是想写的东西太多，一时间竟不知道使用怎样的语言。

"今天自习课谁吵了，站起来！"话音落下，竟无人主动起立。你站在讲台上，一只手转了转话筒，皱起了眉头，整个班级忽然有了些"山雨欲来风满楼"之势。一个个同学在被其他人"检举"后带着满肚子委屈，忿忿不平地站了起来。那些本以为打马虎眼就能糊弄过去的，在听到要双倍扣常规分时，立马变了一个表情。无数的辩解声、申诉声、质问声如潮水般拍向在同学中显得弱势的你。你不灵活也不凶狠的那张嘴动了动，却没发出声音。你取掉眼镜，似乎是趁人不注意，十分用力地搓了把眼睛，直至太阳穴旁的皮肤被擦破，你的眼眶也随之泛红。

"乔啊，你还是在生我们的气吗？""怎么会。这次我的教育方式也有不科学的地方，要改。"我们要相信，每次落泪都会让我们成长得更完整。

"听说乔老师以后不当班主任了，也不教我们了。""相见时难别亦难，这是事实。"得到了证实的我双手颤抖着，在电脑这头噼里啪啦打了很多字，怕唐突，又一个字一个字删除，只为了让内心早晚要涌上来的一大波失落缓缓。"哈哈，要去'祸害'

高中的莘莘学子啦！"最终，发出去的就是这样的一句简短且苦涩的玩笑。

"我会经常路过大家的班级的，主动路过，无意路过，惊险路过，悄悄路过，目送那些可爱的回忆！"得到你回复的刹那，一切都变得坦然。面对那些短暂却折磨人的离别，我们能做的，或许只有驻足微笑了。感谢你一年多似朋友、似家人般的关怀，感谢你严肃地背出让人啼笑皆非的地理记忆口诀，感谢你陪着我们直到今天，"熬"过了那段我们最不让人省心的日子。

不知不觉，就写了好多，街上几盏路灯变得更昏黄不定，窗外快是一片漆黑。每个鲜活无比的画面，通过纸上横冲直撞的笔尖，渗透进不知该在何处安放的想念。

想起 2013 年盛夏第一眼瞧见温润如玉的你，暗笑你言语笨拙，支支吾吾，词不达意；团体跳绳时你总要来上几个，最后在被绊倒时不好意思地笑笑，挠挠头，脸涨得通红；下午五点半，你跨上黑色双肩包像赶羊般赶走我们，再跳上校车……

校园歌手大赛上，我写下的一曲《乔先生》竟过关斩将来到总决赛。至今仍能回忆起，一曲终了，我匆忙谢幕来到观众席的最后一排。光线太暗，我太激动，看不清你嘴角的弧度，只能依稀想起拥抱时你跳动着光的眼睛。

这首歌里有这样一段歌词："我们都年轻，所以我们都在长成，长成一棵大树。然后树会结满果实，那时我们将离去，为了前程。"

放学路口的红灯有三十秒，一个人回到家电梯要经过四层，微波炉热好中午的剩菜要一分半，我也常常会望着那些红色细杠组成的数字出神，假想着，若是成长的等待也能有这样的一份提示该多好。哪怕是"人面不知何处去"，也能安心等待一份已知的答案，而不是如你一般，匆匆到来又匆匆离开。

老乔啊，你有经历过"生长痛"吗？这是种发生在我们青少年身上的生理现象。伴随着膝盖骨阵阵撕扯般的痛感，我们就这样，在连绵不断的痉挛中如雨后春笋般成长。我们已从那段慌乱的日子里挣脱而出。还是个大男孩的你也一直努力去做好每件事，却冷不防被不懂事的我们泼上一瓢瓢冷水。我们刺痛过你的地方，我们曾让你欣慰的地方，以及在离别时所有令你我感到忧伤的地方，都像这疼痛。

随着时间的推移，疼痛总会淡去，最终完全消失。那痛得特别厉害的地方或许会令你我记忆犹新，也能提醒我们记住那段美好的日子，并享受着共同成长所带来的五味杂陈。

"感动吗？"

我不知从哪里翻出来初一退队仪式时的照片。你脖颈上挂满了一条条或被熨得平整的，或皱得卷起如咸菜干般的红领巾。灯光太亮，满面笑容的你，镜片上泛起一层白色。

"感动要留在心里，仔细决堤。"你说。

时光的眼泪

嘀嗒、嘀嗒，时光的眼泪悄悄落下，它流经我青春洋溢的初三年华，如白驹过隙，又匆匆蒸发。

"相信我们会长大吧。"

一曲终了，台下掌声雷动，手中紧握的吉他弦将指头绷得生疼。我睁开了眼，眼前的一切朦朦胧胧，看不太清楚。远处的欢呼声忽高忽低，似是听不真切了。身旁的灰尘"咔嚓"一声，被橘黄色的聚光灯照了个通透，无处躲藏。

我奔向观众席的最后一排，那儿一片灰暗，使我有些找不着北。一直等待着的乔老师站了起来，说："谢谢你给我写了这首歌。"光线太暗，看不清楚他的表情。我喘了口气，说："要不，我们抱抱。"乔老师的肩膀瘦骨嶙峋，在黑暗中微微抽动。

滴答，滴答，时光的眼泪缓缓落下，落进漫无边际的人山人海里，落进形形色色的人群中，无声无息，却十分有力。

在过去的两年间，我也曾无数次回想起乔老师抱住我，然后轻轻拭去眼泪的那一刻，脑海中总是浮现出他由于激动而烧得通红的鼻头。那一刻，一年来积攒的所有感动喷薄而出，化作滴滴干涩的泪水，贯穿初中三年的时光。

滴答，滴答，时光的眼泪重重落下，带走烦恼与忧愁，将前路上的挫折与坎坷冲刷干净，将锦瑟年华中的欢笑永远封存。

在每一个灯火通明的深夜，已经进入初三冲刺阶段的我，总会在疲惫时抬起头仰望灰茫茫的夜空，揉揉因握笔而红得发烫的手指；在每条清晨空荡无行人的长街上，睡眼惺忪的我总会拎着早餐，打着一个一个大哈欠；在每次考试的中途，焦急得抓耳挠腮的我总是无助地在草稿纸上胡乱列出一个又一个公式……每每到了这些时候，那滴滴落入时光长河中的眼泪总会加快它们的速度，似乎是为了可以更快地推动我向前的步伐。

滴答，滴答，时光的眼泪急急落下，快速地打着节拍。如今唯有努力，才不负晨间窗口洒下的一小缕阳光，才不负书页间隐隐约约的油墨香气，才不负三年间每一份细微的美好，才不负此时此刻排除万难前进的自己。

我总想象，想象着那个黄昏，想象着乔老师走在前面，拖着我沉重的音箱，我走在后面，看着我们两个人的影子被拉得好长。许久，乔老师吸了吸鼻子，转过身，咧开嘴角笑了："还有两年，千万要珍惜时间，别浪费啊。"

落日的余晖为整个世界镀上了一层金边，显得美丽又祥和。

　　滴答，滴答，时光的眼泪悄悄落下，流经我青春洋溢的初三年华，如白驹过隙，又匆匆蒸发。它俯在我耳边，悄悄提醒我："生命中的美好那么多，可别忘记啊。"

你曾是少年

在台上的你，讲一句顿一顿，讲一句顿一顿，神情像极了倔强爱面子的少年。

"丁零零，丁零零………"

"老师老师，二战后资本主义国家经济飞速发展的根本原因是什么？"下课铃猝不及防地打响，我来不及深吸一口气，揉了揉红肿的眼睛，大踏步到讲台前拦住你。

"不是制定恰当的发展策略，是第三次科技革命的推动。"你的眼角微微有些泛红，不好意思地背过身。

"谢谢老师。""你反正没有后顾之忧啦。""谢谢老师。谢谢。"

你站定，微笑，转过身离去。

六月末，墙外的爬山虎倒挂在栏杆上，摇摇晃晃，被阳光细细洗濯，嫩绿嫩绿的，像是要滴出水来。头发稀疏的你在涌往操场攒动的人群中浮浮沉沉，一路逆行，碰碰撞撞，十分显眼。急躁的年轻人们穿越过一幢幢教学楼，像深海中整整齐齐游过的鱼群。你慢慢踱步走向五楼，却又时不时向后张望，好像是不舍得告别，抑或是没准备好告别，在等待着落在身后那些遗失的时间快步追上来。

那是我们初中三年的最后一节历史课。

六月末的深圳，空气潮湿炎热，没有一丝丝风。我抬头望向你布满细细纹路的额头，在脑中生硬地记下知识点。心中却有股不知名的温柔，无端倾泻而出，穿梭时空，记录下一帧帧定格在时光深处的画面。

那是与你初次遇见。2013年的九月与其他九月并没有什么不同，迎新大会上，你眯起眼睛笑，朝坐在后方的同学们招手，滚烫的追光灯把你的脸照得通红，把你的脑门照得越发亮。

你在第一节课上笑得咧开嘴，自己摸摸头顶，说，"北京人可能也就是长这个样子吧。"讲台底下爆发出一阵哄笑。望向讲台上似乎也被自己的幽默折服了的你，稚气未脱的我们还习惯于扮演淘气孩子这个角色，笑得东倒西歪，对即将到来的三年时光充满了期待与向往。

那是无数个冗长的夏日午后。趴在桌子上迷迷糊糊的同学总会冷不丁被一阵急促的拍桌声惊醒，抬头，望向你因为愤怒而瞪得大大的双眼，听完一番恨铁不成钢的教导，一赌气，又扭头沉沉睡去。"你们要是觉得历史不重要，就别考了！都别考了！"你的嗓门丝毫不输年轻人。

我也曾有过小小埋怨，埋怨你每次都要小题大做。教鞭用力一打，每次都吓得我记笔记的笔一歪，画了满页纸的横条条。可更多的时候，我还是急着去提醒身边的同学，悄悄为你拍红的手掌与喊哑的喉咙心疼。那一个个画面，随着风扇"吱嘎吱嘎"永不停息地转动，在记忆中显得愈发遥远，却愈发清晰。

你说："头发虽少，我心年轻。"在我的眼中，你一直是个童心未泯，笑起来春风拂面的老男孩。同时也是个无比细腻敏感的人，与我一样，可以轻易地被身边每个温暖瞬间触动。

那是最后一节历史课了。你不停看表，终于讲完最后一个复习专题，抬起头说："老师想送你们一些话。"幻灯片"唰唰"打在屏幕上，有些刺眼。滑稽可爱的字体圆圆滚滚，与气氛显得格外不搭。

"做一个大家认可、喜欢的老师是我的追求。这三年，由于太想看到你们中考成功后的喜悦，我有些急躁，有时说话语气重了一点，甚至有些失态……但确实没有丝毫的恶意，希望你们淡忘并且包容。"

"很多的情景，太多的回忆，忘不了，也不会忘。时光无情，天下没有不散的宴席，但师生情谊难于割舍。你们永远都走不出老师的牵挂和祝福！"

就在你突然哽咽的那一刻，我的鼻头也应和着，猛地一酸。两行泪水齐齐流下，我却不好意思地赶快拿外套擦去。我在心底拼命默念着知识点想止住泪水，却无论如何也藏不住红通通的双眼。

在台上的你，讲一句顿一顿，讲一句顿一顿，神情像极了倔强爱面子的少年。那些理想欢笑着，在一片轰鸣的掌声中缓缓淡出视线，消失在远方的地平线上。

深夜，脑中的思绪翻江倒海，又突然想起了在时光原地驻足的你。历史长河中的点点滴滴，被你化作生动有趣的话语娓娓道来，使它们变得无比有吸引力，无比使人喜欢。你也像个风趣潇洒的少年，饱读诗书，旁征博引，不落窠臼，心中永远充满着热情，永远充满着快乐。

那是中考的第二天，我们马上要进入考场，完成最后一科——历史的考试。

窗外的棕榈树摇摇晃晃，把迎面洒下的阳光分割成一个一个几何图形。世界显得愈发炎热，像是为我们更加急躁了些。我走向你，你与其他也想祈求好运的同学一个个握手，脸上满是欣慰与满足。我小声说"谢谢"，想与你的历史一起，为三年的时光画上一个完美的句点。

我明白，对于你来说，学生对历史的热爱比成绩重要很多。你一次次发火，是为了成绩，但也为了我们对待学业的态度。可我也想拿到一个漂亮的分数，用来证明我的热爱不是徒有虚言。

我不记得什么时候看到过一张照片。你混在隔壁班一群男生女生中，意外地十分不显眼。照片上的你们一起大笑，就像一群意气风发的少年。

我最近很喜欢好妹妹乐队的一首歌，就叫作《你曾是少年》。熟悉的曲调响起时，你的身影总浮现在我的眼前，总像个少年的模样。

转身离别的留恋，急忙掩住的耳畔，流着眼泪的晴天。我记得你的模样，你曾是个少年，你有深潭的眼眸，你有固执的臂弯。我记得你的誓言，你曾是个少年，你爱我胜过爱自己，你说永远都不改变。

那么说来，你在心底，还是个美好的少年吧。那个少年，头发浓密乌黑，能轻易被生命中的每个瞬间触动。他在心底悄悄织了张网，网住这世上所有的温热与柔情。

拥有一颗永远年轻的心，也就是拥有一双能永远热泪盈眶的眼眸与一个永远能上扬的嘴角吧。太多话来不及对你说，就让它飘散在风里。感谢三年有你做伴，或喜或悲，都是我们最阳光明媚的样子。

廖老师，你曾是少年。

你依然是少年。

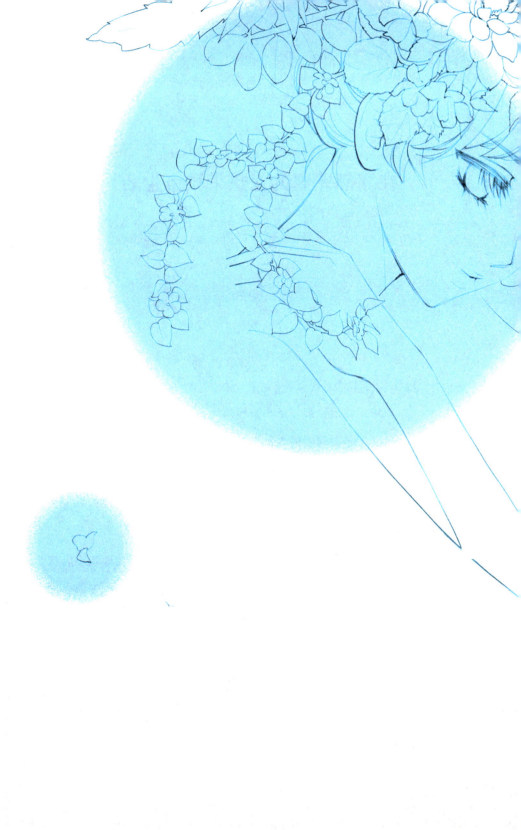

在寒潮肆虐的亚热带城市生活

当一天中最灿烂最美好的阳光轮换着洒到卷子上，我却咬着牙，想象着能有瓢冰水迎头泼下，好让自己清醒过来。

繁华的城市，某一条小路转角处，一家快餐店。

已是深冬。街上的人们用绒毛外衣捂紧身子快速走过，不愿停留在原地，被张牙舞爪的冷风吞噬。亚热带的城市，寒潮也敢肆虐，可能是没有暖气的缘故，这小小的快餐店在人流接近饱和的华强北竟显得越发冷清。

我坐在靠窗的双人桌旁，看冷空气一波接着一波地朝小店打来，却始料不及地冲撞上玻璃，在刹那液化成水珠，听天由命接受地心引力的摆布，坠落在灰色砖头铺成的人行道上消失。

我又拿起筷子，吃了一口关东煮。

"丁零零……"我嘴里呜咽着，拿出口袋里正在震动的手机，"已经一点三十五了！"望着人越来越少的餐馆，心里叫苦不迭。

慌忙拿起放在一旁正准备再熟练一遍的英语教材与物理习题，满脑都还充斥着"ρ这个符号到底读二声还是四声"的"世界难题"，冲到前台结好了账，回到位子上收好了东西，把一团用过的餐巾纸丢进还没吃干净的汤碗里，匆忙跑出去搭出租车。

寒风里，只有我一人还呆呆地站在原地，举起一只手臂找寻着出租车，在其他快速跑过的人们眼里一定很傻。百无聊赖的我，脑子里还幻想着方才被丢进酱料汤里的那团餐巾纸是如何在吸收深棕色的酱汁后，一点点变得透明稀烂的样子。直到一辆出租车停下，司机不停叫喊着"同学你快点"，我才慢吞吞上了车。

"下回来早一点好不好啊？"看着今天好像不太开心的数学老师，我十分愧疚地点了点头，坐到了位子上。望向白得刺眼的卷子上一个个纵横交错的函数图像，气喘吁吁的我始终静不下心来。下午两三点，正是一天中最温暖的时候。当一天中最灿烂最美好的阳光轮换着洒到卷子上，我却咬着牙，想象着能有瓢冰水迎头泼下，好让自己清醒过来。

"大概，我就跟当年的席慕蓉老师一样，不是学数学的料吧。"我心想，无奈地把两手交叉，叠在脑后。我只坐在那儿，做着无用的自我安慰，却丝毫没有把心放在看似复杂其实只需两三步就能解开的题目上。

"怎么？还要我帮你写啊？"我一怔，一抬头，只看见数学老师失望的眼神。这句带着满满责备的话语使我一时间有些惊慌失措。"不是……"老师的那句话正是我想象中的那瓢"冰水"，一泻而下，使我打了个激灵。可能是因为气温低的缘故，我的两颊竟感到越发地烫。

"好吧好吧……你听我讲。"老师俯下身，拿笔在草稿纸上写写画画。仅是两三笔，一个十分清晰的解题思路就呈现在了我的眼前。"哦！原来是这样！"我惭愧得只能把那声"哦"拖得很长，只为掩饰住内心的羞愧。

"嗨，"数学老师似乎看穿了我的心思，背过身去，也不知道是在和谁说话，"现在的孩子啊，都太忙太累了，但是抱怨有什么用呢？现在积攒知识，不就是为了以后的生活能过得更好吗？先苦后甜还是先甜后苦，只有自己选择喽……"

我不理解"生活"为何，"力量"为何，作为一个孩子，我知道的就是，"力量"也许是实心球在空中留下的美丽抛物线，是钉鞋与跑道的每一次磕碰摩擦，是跳高时垫子被狠狠摔出的轮廓；"力量"也是知识，也是自信，也是幸福。

同样，无论我是选择此刻揉着因握笔而通宵肿胀着的手，奔向一家又一家的补习班，还是庸庸碌碌睡觉打游戏，做些应付老师的事，这都是我的生活啊。

现在的努力与否，将会使我们以后的生活千差万别。在这灿烂如花的年华中，在这段我们最不该虚度的日子里，我们是否该感激赐给我们许多"无形力量"的生活，好让我们能有个优秀又广阔的未来呢？

　　愿你在以后谈起这些日子时，能庆幸你没被当初的年少轻狂辜负，能暗暗地在手心里握紧那股从一而终的拼劲，不惧怕汹涌的人潮，不惧怕让人筋疲力尽的当下。即使在这个寒潮肆虐的亚热带城市，生活依旧有你向往的样子。

你看，那里有光

初中的时候，老师每周会布置不同的作文题目。我总是抓住这个机会写些自己喜欢的东西，虽然字数很多，分数很低。一千零六十八个黑夜在纸上流淌，几万个字轻轻碰撞在一起，好像有了细微的呼吸。

人生如逆旅，我亦是行人。孤身漂游的冗长岁月里，幸有文字作陪，寂寞有了温度。

夜色

人类点亮了千万只灯泡，却也要在最终回归这夜的寂静。

天空本来还是蓝幽幽的，可到了与大海交接的地方，还是渐渐黯淡了下来，凝结成淡淡的紫色。山头，半个太阳散下的光芒被湿润的空气悄悄冲淡，两三薄云零零散散，慵懒地挂在天上。

这个世界很温柔，温柔得像四月份里蓝莓味的棉花糖，在小女孩的掌心里慢慢溶化。

也不过十几分钟的光景。紫色的天空像是被个莽撞的小孩抓起笔刷般，粗鲁地混入大笔大笔的黑色。它僵硬、刻板地从天空的一角迅速铺展开来。天空乌压压地沉下来。像冬夜里的一床湿棉被，寒意彻骨。

有人说，夜晚本是黑色的。天地苍茫，黑暗与光明竟同样能席卷每一个角落。

人类点亮了千万只灯泡，却也要在最终回归这夜的寂静。他们的力量，微弱得像昏暗的房间里，老式黑白电视机断断续续发出的光芒。然后，像那个有着盈盈双眼的小美人鱼尾尖的一串泡影般，悄无声息地消失在黎明到来前一秒。

我说，黑夜从来都不只是黑色的。

——路灯是橘黄的。路口的小包子摊翻腾着乳白色热气。大红薯烤得冒出金黄色糖水。晚归的卖花小贩，推着一单车的五颜六色，悄悄消失在街道的转角。

这些星星点点的颜色，在一片漆黑的夜里闪烁跳跃。它们也找到了属于自己的地方。

想起了我的一位恩师——乔先生。他刚回到山西老家，与我分享他家乡的景象。

那是一个洁白的世界。银装素裹，娴静嫣然。他的大黄狗走在前，他走在后。他们的脚"沙沙"蹚过，在雪地上画出的轮廓像一只白色的眼睛，横躺在茫茫雪原中，静静仰视着世间万物。若这只眼睛有生命，当它感受到这无边的辽阔时，定会十分寂寞。

乔先生的黑手套上积了薄薄一层雪花。

听着他无比兴奋地讲述着一路的艰难险阻，我仿佛能看见他里三层外三层地把自己裹成粽子，在雪地上扭动着身躯，深一步浅一步地行走着。走一步要耗费许多力气，姿势却仿佛是在翩翩起舞。

山西定襄的郊外，一辆破旧的面包车"嘎吱嘎吱"，翻越一座座黄土梁、黄土塬，"呼哧呼哧"喘着粗气。百余公里，光亮微弱的两盏车灯倔强地点亮铺满大雪的道路，远远地照应着家门口挂着的那盏忽闪忽闪的小油灯……

或许，正如他们所说的那样——许多许多的颜色终究会被夜晚吞噬。

可是，也总会有星星点点的光亮，为了自己在这世界上能存在得更长，更久，不屈地与黑暗做着小小的抵抗。

它们逃脱不了最终的命运。

它们却能在陨落前的最后一刻，让地上的人们看见它们，指着它们说："你看，那里有光。"

我们，也正如它们一样。

树之歌

如果你啊，路过的人，如果我有幸与你邂逅，可否请你看向我的双眸深处？

我是那骑着牛的牧童手里，牧笛中的某段旋律。

清晨，那清澈的亮黄色阳光将我温柔地冲洗，使得那绿，绿得更绵长、深情，那棕，棕得更油亮、细腻。带有些许热气的微风迎面洒来，温度像极了母亲手中细细打出的毛毡。

我身上的每一片树叶随即开始跳跃、旋转，在摩擦碰撞中，微风宛如那牧童的双手，轻巧地拂弄着他们，在这山林里奏出令人心旷神怡的乐曲。一处接着一处，起伏不断。那些绿叶，也是我的子民。待停下脚步时，他们所凝望的方向，也是太阳将要落下的方向。

我是上帝手里的那只钢笔。他匆忙睡去，笔尖的墨水缓缓渗出。在那只花斑鸠的引导下，那流淌的绿色勾勒出山野的轮廓。

这绵延起伏的丘陵，这陡峭险峻的悬崖，被我逐笔画出。画作完成后，再没有多余的墨水，只剩笔尖残留的一抹颜色变成绿叶，笔尾金黄的羽毛变作体内充实的年轮。

我的身边，曾是一片干净透亮、湛蓝如海的湖泊。我依稀记得，月光曾把如宝石般的爱恋洒满整个湖面，一个男孩将我的双手砍去，在这波光粼粼的世界里，为了一个头戴花朵的女孩生起丛丛篝火，点亮了山谷寂静的夜晚。

那时的我不曾气恼，只是为了他们的美好时刻，也轻轻随风摇动着我残余的臂膀。因为我清楚地知道，来年春天，我将拥有全新的四肢。可这一生一世中，有多少的他们，就这样被吞没在了月光如水的夜里。

如今的冬天，是个银装素裹的世界。我的枝杈变得光秃，眼前的湖泊也被装饰成了平整光滑的镜面，有种略带生疏的美丽。我望着满天急匆匆飘落的雪花，它们不知要去向何方，任由自己掉落地上。

一对老人一前一后地走过，老爷爷插着手，走在前方，被老奶奶唤一声，便转回头来，满脸笑意。老奶奶取掉了她的红帽子，随手挂在我的枝杈上，捂着嘴，哧哧笑着走向湖畔，像极了那个头上戴着花的姑娘。

我驻足一旁，痴痴地看着老人们的肩上落满雪花。一生一世的时间未免也太少，怎么够诉说完冰雪中的深情？

我是一棵树，我生长于延绵丘陵中，生长于重叠山谷下，生长于清澈湖畔旁。如果你啊，路过的人，如果我有幸与你邂逅，可否请你看向我的双眸深处？那里的春风如醉，那里的绿草如茵，那里曾有无数不为人知的过往。

　　我会在你心底无端涌出的一股柔软中，悄悄生根发芽。

这就够了

如有句话说"种下一棵树，最好的时刻是十年前，其次是现在"，想来也是这个理。

"晚自习即将开始，请初中同学迅速离开学校……"清校铃声伴随着秒针的转动准时响起，悠长悦耳，在窗前一棵棵高大的棕榈树渗着浓绿的叶片中滑动着。如同那夏季剩下的最后一丝炎热般，不舍地消失在黄昏的最后一幅剪影里。

操场上，嬉笑打闹的声音隐隐约约，似是听不真切了。远处，夕阳肆意绽放着属于自己的最后一丝光芒，可喜而耀眼地，使整个世界在此刻都如这淡紫色的天空般，透出永恒的温柔来。

或许，这就够了。

曾几何时，耳边各种令人惊慌失措的新闻令我感到措手不及。恐怖袭击中那令人毛骨悚然的枪击声与飞溅的血迹，天灾降临时妇女孩童的哭喊声，是那么清楚地出现在这个世界里。我试图闭上眼，却无法抹去它们曾经残忍刻骨地存在过的痕迹。

作为一个孩子，我们该如何去面对这世界隐藏在角落里的黑暗？一个孩子无法举起柔软的双拳与黑暗肉搏，我们只能在这片夕阳下轻轻闭上恐惧不安的双眼，用纯真无瑕的内心为世界上受苦受难的生命祈祷。

或许，这就够了。

我想起最近在读的《林徽因传》，其中的情节让人感触至深：金岳霖在他的七十大寿聚会上攥着林徽因的老照片，只身站在瓢泼大雨中哭吟"一身诗意千寻瀑，万古人间四月天"，我不由感叹，或许每个男人的心中都有一个自己的林徽因。

我们就是蒋勋在《品味四讲》这本书中提过的"惨绿少年"，就是一颗颗充满着青涩、惆怅的酸果子，却又迫不及待想让他人采撷品尝，并渴望着这一摘，就是地老天荒。殊不知，只有熟透的果子才会有傲人的甜蜜。而如今，我们只需在这片夕阳底下奋力生长，生长为那个最饱满，最丰盈的果实，方能无憾此生。

或许，这就够了。

我走着，走着，早已忘怀成绩带来的绵延不断的忧愁与对自己发出的一次次质疑。有句话说"种下一棵树，最好的时刻是十年前，其次是现在"，想来也是这个理。我默默地捧出心中那颗稚嫩的种子，想象着十年以后，它该是如何枝繁叶茂，张开树杈，仿佛就能托起天空中的夕阳，使时间定格在此刻。

　　或许，这就够了。

　　我们正年轻，正是最朝气蓬勃的时候。我庆幸我们生活在和平中，不用忍受战火的摧残与灾祸的恐吓；庆幸我们所要做的事只有奋力生长，不需去考虑太多是非恩怨；庆幸我们仍拥有此时此刻的这片夕阳，仍拥有着这份美好，仍能在此时此刻为了下一秒更好的自己去奋斗。

　　或许，这就够了！

雨季

如不愿接受诗与远方，只愿与眼前人共同珍惜此时此刻的苟且，心无不甘。

我被急促的闹铃吵醒。窗外，大雨铺天盖地席卷过来，沉重地砸到地上，密集且急促。细细地，敲击着耳骨，令人不安。

我来不及发呆，急匆匆地出了门。

双脚一踏出房屋，一股水流急忙扑将过来，硬生生打在裤脚上。我像被什么东西拖拽住似的，身体仿佛一下重了十斤，我踉踉跄跄，差点晕倒过去，只能粗暴野蛮地一把捞起裤脚，三步并作两步，向前跳行。

天也变得更阴沉了，像极了夜里灯光昏暗的房间，一切事物都被密密麻麻的雨点像灰尘般层层覆盖，又被黑暗侵蚀，无处遁形。一眼看去，这个炎热的世界，加上些潮湿与黏稠，更让人头昏眼花起来。

我举起手，摸了把脸，分不清是雨水还是汗水。

大街上的行人被"冲淡"了很多，路两旁的招牌一闪一灭，应和着雨滴敲下的急急的曲调。烤面包、烤红薯的香味混在雨水中，稀释了许多，仍吸引来了一群舔着肉爪避雨的小野猫。它们优雅地坐在墙根子上，摆弄着头上的野草。

我抬起头，雨滴如织，在世间四处逃窜，四处流浪，却仍逃不出雨伞的手掌。雨伞下赶路的人们匆匆忙忙，不愿潦潦草草离散，不愿如雨滴般洒落四方……

"报告！"

我气喘吁吁地推开教室门，上课铃声适时响起。同学们看向被雨淋得透湿的我，教室里爆发出一阵哄笑。

"哈哈，怎么这么狼狈！""唉，雨季嘛，雨一下就大了，理解万岁。"

不愿接受诗与远方，只愿与眼前人共同珍惜此时此刻的苟且，心无不甘。即使淋成落汤鸡，即使摔成狗啃泥。再让我细细看你一遍，从南到北，看那细细的雨滴扫荡过你的臂弯。

我记得余秋雨的《听听那冷雨》里有一句这样的话："就凭一把伞，躲过一阵潇潇的冷雨，也躲不过整个雨季。"在我看来啊，那些日子假装慌忙地躲雨，大概是为了在屋檐下悄悄地收起伞，若无其事地仰起头对你说："你看，下雨了。"

最使我难忘的，还是雨季里的你们。

背影

我看到你，不禁偷笑你孩子气。在一群同龄人间，显得最手足无措的、最慌慌张张的，总是你。

"那，我走了。"

你转过身，往前走，脚上踩着夏季绿茵场上湿润的芬芳，走进一片宁静里。你微微抬起头，看一眼天。你背后的轮廓被洁白笔挺的白衬衫勾勒得明朗、清晰，线条细细凸出，诉说时光的静好。

正巧，你的背影逆着光，一点两点，光束从你身体的缝隙间流窜出，好像"扑啦啦"挥展开的菱形翅膀，你行走，翅膀随之挥舞。你稍稍弯下腰去，摆弄脚尖上的泥土。我看到你，不禁偷笑你孩子气。在一群同龄人间，显得最手足无措的，最慌慌张张的，总是你。

只见你的背影，在沉默的人群中摇摇晃晃，灵活地闪动着，若隐若现。那个白衬衫整整齐齐扎进裤子里，一丝不苟的男孩，他瘦弱的手臂齐齐挥动，艰难地穿梭过人山人海。你的背影沉沉浮浮，像极了暴风雨中的小船，怡然自得中带着小小寂寞。

你走出人群，我看到你好似无奈地笑笑，回头望望人群，不知道在看谁。我说："我们拍张照吧。"

"咔嚓"。

或许，许多许多年后，我会再次想起那个已经变成老头子的背影。不想每次忆起往昔，都肝肠寸断。毕竟旧时携手处，今日早已山远水长。

凤凰花开

> 凤凰花在风中晃荡旋转，少女的裙摆随着挥舞，少女的瞳孔随之明亮，而后湿润。

夏初的五月，体育中考结束，我们悠闲地在操场上绕着圈儿慢跑。天空像是一摊彩墨，被阳光打湿，晕染开，铺散在各个角落。一丝半点的淡蓝色，鲜嫩得要渗出水来，容不得半点云朵的遮盖。

我们脚下"嗒嗒"，齐齐转弯，到了转角处，抬起头，看见一树艳红，微笑。

"那是凤凰花，好漂亮！"

树木本是与草坪相互映衬的，绿得纯粹，绿得浓郁，颇有夏日的气息。夏日就像一个朝气蓬勃的年轻人，洋溢的热情无处安放，总想用颜色单调的外衣遮掩，故火红、金黄之色似是总属于春秋之时。此刻的凤凰树，却又真像栖息了一只火红的凤凰般，在一片纯粹的绿中，可谓"脱颖而出"。也不是没有见过如这般鲜艳的红色，似乎也只是因为这一树夏日的艳红尤为特别，我们纷纷被吸引。

大张旗鼓的红色布满了整棵凤凰木，使人感到惬意，空气似乎也随着充满活力的红色朗润起来了。凤凰木的叶子张开叶片，层层包裹围绕着凤凰花，像极了新娘头上的丝绸盖头。谁知这新娘可不"安分"，挣脱了"盖头"，只想在青春年少时"放纵"一把，肆意盛开，好不快活。

至于具体上，凤凰花到底如何像极了飞起的凤凰，已经有许多人描述过了。再说一遍，大抵也是大同小异的吧，不赘述。

记得自己也曾这样拾起一朵凤凰花，抚摸它随风飘扬的花瓣，它像极了热情奔放的少女跳动的瞳孔与招摇的裙裾。凤凰花在风中晃荡旋转，少女的裙摆随着挥舞，少女的瞳孔随之明亮，而后湿润。

时间像小小的一阵风，穿过"嗒嗒"的脚步，穿过红色塑胶跑道，穿过凤凰花的花瓣，与夏季的炎热潮湿长眠，留于次年新人观赏、惊叹。

我们"嗒嗒"跑过三年，时间也翻越过崇山峻岭，穿越过浩瀚星辰，用手揉碎，又飘散在风里。最终，在旅途终点与我们相会，待到一树凤凰花开，又匆匆离去，不容喘息。

"凤凰花开了，真美。"虽然明年，说出这句话的已不是我们。

希望明年，一起说出这句话的人们，都是微笑着的。

年

> 这儿的日子过得很慢很慢，像三月的太阳下，小瓷碗里装着水。波纹微生，明光烁亮。

这天是大年二十八，是老家赶集的日子。

我和一帮亲戚坐着大车，一路摇摇晃晃到了街上，只觉小镇的人间烟火气味越来越近，路旁苹果树的枝杈也伸得更加卖力，虽低矮却好似遮住了整片天空。父亲的老家在江苏的连云港，这里离山东只有十分钟不到的车程。"橘生淮南则为橘，生于淮北则为枳"，这里的烟火气可大不像江南一口吴侬软语，秀美精致的人们那儿。

车一直往前开，开到路被堵得水泄不通的地方才停下。村民们操着一口苏北话砍着价，一脸满足的在一摊子平价、朴实的物什中仔细挑选，好似把新一年所有美好的期待都融进这些崭新的

小玩意儿里。

人们移动得慢，前面的人发现摊子上有自己喜欢的东西，便停下来想看个究竟。这一停，后面的人就没办法往前走。路的左边是朝反方向前进的部队，有几个急性子便窜进去，索性逆行。

北方人脾气来得快，一边唉声叹气地裹紧大衣，撞撞前方的人，硬是挤了出去，一边转过身想要开骂。可没等他回过神，那逆行的人早已不见了踪影，就连他自己也不知道被这汹涌的人潮挤向了何处，只好悻悻地笑笑，然后若无其事地往前。

姑娘扎的红头绳，论个卖的羊大腿，小孩的玩具，各式各样的小吃，从没见过的海鲜种类，表面上泛着一层光亮的蜡油水果……叫卖声此起彼伏。穿着绒睡衣的妇女，戴着前进帽的大爷，穿着碎花小脚裤，用围巾紧裹住头部的老太太，戴着毛线帽、穿得像个小馒头、袖口脏兮兮的孩子……

涌动在人山人海之中，也变成了人山人海。每个人身上的故事好像都一样。他们生长在这片土地上，无忧无虑地等待未知的一切。当他们终于长成一副青春的面庞，便出门闯荡，寻找自己的命运应该歇脚的地方，待到年迈，洗净一身的铜臭，脱去昂贵的服饰，回归这片土地，任由自己白皙的皮肤被干燥的海风吹成暗红。

父亲逛了一圈，一只手拎着大鸡腿，另一只手握着一把两块钱一串的闪着光的大糖葫芦，转过身，说："看，这就是爸爸的家。"

父亲喝醉酒，在桌上说他以后要回来买个房子，再买片地种粮食，再养条我最喜欢的萨摩耶，因为我不一定会惦记着他，但一定会惦记着那条狗。

我们住在赣榆县的新房子里，平常只有奶奶一人，今年大家都回来过年了，实在是热闹了不少。

出门，土路的两旁，是枝丫连着枝丫的白桦林，天空本是蓝色的，却在黄昏的时刻，在远方被渲染成桃红、金黄，一直伸向西边的那片海。树的后面，是不知多久前砌好的砖瓦房。些许破落的它们也像这村庄里的老者，守护着许久许久前属于这片土地的一切，从未离开，直到今天。

这儿的日子过得很慢很慢，像三月的太阳下，小瓷碗里装着水。波纹微生，明光烁烁。

很多人家的门口挂着五颜六色的旗子，七零八落，打着褶皱。一栋栋房子这样排列过去，一面面旗子也这样排列过去，像荒地里无边无际的秸秆，也像秋天粮食丰收的颜色。大雨刚侵蚀过的土壤松软、柔和。也正是这片包容万物的土地，养育了淳朴的一方人。

这天，是大年三十。

　　我和年迈的奶奶，父亲母亲以及各位姑嫂舅婶围坐一桌。桌子上摆放着鸡鸭鱼，口重的家乡人为它们用盐腌上一层薄薄的外壳，再去蘸酱，为这咸味赋予了更浓重的色彩。

　　爱忙活的二姑早端上来最适合下酒的猪头肉，用刀子在我们小孩浮夸的尖叫声中劈开后切成最容易入口的小块。各种菜已经上齐了。于是，一人起身祝酒，即刻间觥筹交错。

　　窗外的天色早已暗下去，零点，听着噼里啪啦的响声，我便开始没由头地想象。

　　要是拨开那束束璀璨的焰火与层层厚厚的霾，能不能看见银河里星星闪烁的光？能不能撇开那些顷刻间的灿烂与灿烂过后剩下的令人窒息的寂静，只去眺望那永恒伫立在宇宙一角的美丽？能不能只让那些天体上的生灵安静下来，揣测我们的故事？

　　就在那片浩瀚无垠的土地上，开出预示着春天到来的花朵。

　　大年初六，马上就要回去的我们决定去亲戚家坐坐，拜个晚年，顺便去讨点炒熟的花生还有自磨的面粉，带给在深圳的外公。坐了一会儿，了解了我们的小算盘，热情的大姑拼命地装满了一蛇皮袋的花生与面粉，拦都拦不住，还招呼我们把她家的小白狗也抱回去。

　　"不要怕，还有好多嘞！面粉，花生，狗，都还有好多嘞！"

　　"大姑，不要了，不要了。我们要走了。"

路旁，沾满泥巴的渔网带着白色球形的浮标摊在地上，带着海的腥味。横七竖八的网像人们用力张开的双手，谦卑着，渴求着留住这方水土的财富。

深冬是休渔期。平常，村子里的老乡们常常出海，为了生活，去和未知的危险较量。这片温顺的海洋，最终也总会让大多数人满载而归。

"走吧，走吧，记得回来。"大姑没出过几次村子，也不太会说话，她笨拙又局促地朝车上的我们挥挥手，再在她沾满污渍的围裙上蹭蹭。午后的阳光映着她与许多村民一样被海风吹得红裂的脸颊，好似土地的味道。

我也对她招招手，关上了窗。

在我们车子的前方，是一条被尽力铲平整的土路。一辆车就这样朝着路的尽头开去，爬上山坡时，似乎是在爬上广阔无垠的天空。这个路的起点，便是"家乡"所在的地方。这里有漫山遍野的秸秆，有蕴含宝藏的海洋，有朴实勤劳的村民，更有在自己老去时直抵人心的温暖，对于拥有着这片土地血脉的人来说。

橘味

只记得橘色的灯光温柔似水，只记得橘色的螃蟹是我长此以往挚爱的美味。

重阳节。

光着膀子的父亲抹着额头上的汗，手捏着抹布，"呼哧呼哧"将一盘滚烫的大闸蟹端上了桌。

"丫头，今天就咱俩吃饭，咱吃点好东西。"

我匆匆停下笔，从厚厚一摞书本中抬起头，三两下绑好头发，趿着"啪嗒啪嗒"作响的拖鞋冲出房门。

桌上，一只只大闸蟹又肥又大，满桌金灿灿的橘色像是要滴出油来。我们像置身于十月北京的香山，拾起一片火红落叶的欢喜。

窗外，街边的树杈光秃秃的，朝上举着，一用力，不小心撕破了天空。柔和的月光悄悄从裂痕中渗出来，像极了空气中氤氲的香气，缠绕于指间，落在饭桌上，似乎也变成了讨喜的橘色。

父亲看着我嘴馋的样子，怜爱地笑了。他轻轻叫住我，顺手熟练地抄起一只公蟹，一手抓头，一手抓钳，"刺啦"一声，蟹壳与蟹肉就被剥离开来。

父亲小心翼翼地拿着蟹肉骄傲地递给我，像一个等待夸奖的孩子。

半透明的蟹黄被灯光照了个通透，呈现出小巧精致的淡橘色。轻轻摇晃着，抖动着，娇艳欲滴的模样像将舒未舒的花瓣。一入口，蟹黄融化，流出晶莹的汁液。"刺溜"一声，蟹肉下肚，丰腴满腹，细腻绵长，口感酥软，回味无穷。

我满足地抹抹嘴，伸了个懒腰。父亲看着狼吞虎咽的我，表情也是一脸满足。

厨房太过闷热，父亲做完饭后就脱了上衣。他喘着气，用装螃蟹的瓦楞纸壳扇着风。一滴滴细细密密的汗水淌过他赤裸的皮肤，在他瘦弱的身上滚动，带着些暗暗的橘色。

他坐着，发了会儿呆，又笑了起来："我丫头咋这么不会吃蟹呐！"随即夺过我手上的筷子，要帮我挑出蟹黄来。

父亲的手才受过伤，拿东西不太方便，笨拙地用筷子在蟹壳里到处翻弄。我看着他手上的绷带若隐若现，再看看我前面大半碗的蟹黄，诱人的橘色让我心中泛起一阵酸楚，又一阵柔情。

"这在老家叫'秃噜黄'，可好吃呢。丫头要吃老家的蟹，别吃这上海的。小个头儿，小家子气。"

听着一声声"丫头"，我低下头，眼前一片明晃晃的橘色，模模糊糊，悄悄被蒙眬住，看不清楚。

父亲生于苏北，是个骨子里很传统的中国男人。他会因为我开玩笑说以后不要孩子和我赌气，也会因为吃饭时没按尊卑座次入席而大发雷霆。由于他的固执，我的出国学习计划也不了了之。因为连留我一个人在家里吃顿晚饭都不放心的他，认为"一年只能见我丫头两次，那活着还有什么盼头"……

那天晚上，我们说了很多话，说到很晚很晚，晚到桌上的螃蟹都凉了。

那天晚上，我似乎做了一个很长的梦。

梦里，有翩跹的花蝴蝶，有流着口水打转的小狗。有小店里粘牙的大白兔奶糖，有晶莹剔透的弹珠玻璃球，有坐在村口纳鞋底的老奶奶，有苏北一片片丰硕的瓜果田……有赤脚奔跑追着晚霞的少年，还有怕少年摔倒，跟在少年身后，慢慢抽着烟走的男人。

更多的细节我却不记得，只记得橘色的灯光温柔似水，只记得橘色的螃蟹是我长此以往挚爱的美味，只记得我的鼻头酸溜溜，不敢大出气。

只记得，在那橘味中，我大约读懂了父亲。

刷题

> 只可惜，英雄没有什么天涯海角，只有一张拥挤不堪的课桌。

"哆咪唻嗦，嗦唻咪哆。"

十一月的天黑得特别早。空气潮湿寒冷，吸入肺部，像冰碴子般扎得人生疼。

晚自习时间到了。他背着重重的书包，急匆匆地跑向教室。他气喘吁吁地拉开凳子坐下，因为声音太大而招致几个白眼。他甩了甩头，揉了揉眼睛。来不及了。

他拿起笔，开始刷题。

他写到计算题，一遍遍重复公式，把加减乘除玩出花来，代入，化简……

他出生于一个中产家庭，父亲是公司经理，母亲是家庭主妇。他按部就班地学习，考上了全市最好的高中，再按部就班地成长。

他偶尔会怀念小时候母亲五颜六色的花裙子，可自从他上了小学，母亲就再也没穿过。在他的记忆里，从前的母亲似乎笑得更开心。

他在早晨六点零五分蒙蒙醒来，又在凌晨十二点半沉沉睡去。他习惯于叼着馒头，用手拨开马路上缓缓流动的人流，像是在迁徙的热带鱼群里一只逆行的小水母。他适应于握着笔杆，在刺眼的灯光下，在空气浑浊的教室里学习至深夜，像手持宝剑的英雄……

只可惜，英雄没有什么天涯海角，只有一张拥挤不堪的课桌。

他想起了自己枯燥机械的生活，像极了计算题。

他又写到了证明题。定理和方程在他的脑海中缠绕到了一起，怎么分也分不开。

他开始思念隔壁班那个好看的女同学。她走过时总会带着一股淡淡的香气，像是少女的忧伤。可是女同学只喜欢在操场上奔跑跳跃扣篮的大个子，不喜欢整天只会窝在教室里刷题的他。一个人的时候，他偶尔也会对着镜子用力绷紧手臂，望着自己若有若无的肱二头肌发呆。

他想向女同学证明自己是一个有趣的灵魂，可是女同学只会被好看的皮囊吸引，根本没有给他机会。

他开始想起母亲盈满泪水的双眼。那天，母亲攥着他满是红叉的试卷，嘴唇颤抖。旁边的父亲面朝墙壁，一言不发。他喜欢胡思乱想，总在考试的时候改动答案，结果一步错，步步错。他想为自己辩解，却又觉得自己是个混蛋，混蛋没有资格说话。

他想向父母证明他刻苦学习了，可无数次秉灯夜烛只换来不上不下的分数。没有好的结果，还去在乎过程，似乎有些不切实际。

他想起了自己无为而终的尝试，像极了证明题。

他翻开了解答题。他在图纸上到处圈点勾画，寻找正确的解题思路，可就是无法把脑海中的灵感串联到一起。他已经很累了，可是他还要继续刷题。

他想起了自己房间里那个上锁的抽屉。他在里头藏着自己写的晦涩的情诗，藏着十八块钱一盒的黄鹤楼香烟。

他喜欢做白日梦，喜欢写作。他以后想当一个编辑，一个报社评论员。可他现在学习越来越紧张，那本未完成的诗集，也早已落上了厚厚的灰。他已经无暇构想未来，他只有工夫盯着眼前的分数与排名，稍有波动都会让他激动不已。

他有时会憎恨现在的自己麻木肤浅，可也找不回当初那个心揣梦想的少年。嬉笑怒骂后，照样要向现实点头哈腰，俯首称臣。他不知道未来会发生什么，他只有刻苦学习，虽然现在看起来并没有什么作用。

他想要的不多，他只想要一个好的分数。

毕竟，一个好的分数象征着一个好的大学文凭，一个好的硕士学位，一份好的工作，一位好的妻子，一辆好的车子，一栋好的房子，一支好的股票，一份好的信贷资金，一份好的人寿保险，一家好的养老院以及一块好的墓地。

他想起了自己好像完全未知，又似乎可以预见的未来，像极了解答题。

"哆咪唻嗦，嗦唻咪哆。"

晚自习结束了，他放下了手中的笔。他无法控制自己胸膛的剧烈起伏，看着自己的呼吸触碰到寒冷的空气，变成一小团烟雾，又迅速散开。

他刷完了题。

他好像过完了一生。

花北路

在闲暇时，我总想沿着花北路走走，却总被各种各样的事情耽搁，没能走到路的尽头看看。

我解开勒在脖子上的领带，单手松开衬衫最上面的几粒扣子，长叹了一口气。卤煮店的老板胳膊一挥，抡起汤勺，为我盛好一碗卤煮，他身上几滴躺人鼻子的臭汗似乎也连带着被甩进了碗里。

我顾不上恶心，扭一扭酸痛的脚踝，一屁股坐在马路牙子上，小心翼翼沿着碗边"吸溜"一口咸辣滚烫的汤汁，全身渐渐发热，人才好像活了过来。卤煮店再往前走就是王府井。百货大楼的窗户里透出惨白的灯光，打在卤煮店老板油津津的脑门上，像平静的湖面泛起粼粼波纹。老板见我在盯着他，用手抹了把脸，不好意思地笑了。

我也笑，而后，在北京这个陌生又熟悉的远方，第无数次想起花北路。

　　我的老家在广东的一座小县城。在很久很久以前，花北路只是建筑工地旁的一条小土路。这条路从我家门口经过。母亲总是沿着这条路，走到她上班的纺织厂去。

　　小小的我从不知道花北路有多长，会通向哪里。我小小的脚丫踩在小小的田埂上，追着前面的花蝴蝶，伸开双臂当作翅膀，手上拿着最喜欢的玩具飞机，嘴里"呜呜"模仿着飞机引擎的声音，假装听不到建筑工地上刺耳的电钻声，却被突然扬起的尘埃迷了眼。

　　有天晚上，我坐在家门口等妈妈回来，百无聊赖靠着门柱，望着面前歪歪扭扭的花北路，竟不知不觉睡着了。脑海中隐约浮现出的是一个华丽且奇妙的世界：花北路的尽头，是那个叫作"北京"的地方，那里一幢幢楼房高入云霄，看不到顶；那里的人们笑着闹着，都穿着干净鲜艳的衣裳；那里的天空是那么蓝，那么蓝，好像要渗出水一样……我醒来以后，见妈妈刚进门，便无比兴奋地跑向她，问她花北路尽头有什么，又说我也要穿新衣裳。妈妈一头雾水，怜爱地拍了拍我的脑袋，对我说，长大后就什么都知道了，新衣裳她给做。

　　时间过得飞快，一转眼我就上了高中。家门口的那条花北路，随着新大楼的落成，也逐渐变得繁华了。工人们在花北路刷上沥青，围起围栏，各式各样的小商铺在花北路旁支起棚子，安了家。

寒暄声、叫卖声不绝于耳，偶尔开过的小汽车轮子转得飞快，不会再扬起一粒尘埃。然而，我从来没有忘记小时候的那份执念。我总有一天要到北京看看，总要找到花北路的尽头。

这时的我，也找寻到了生命中最热爱的东西：写作。我如饥似渴地读书，从顾城到海子，从王小波到莫言，从约翰济慈到普鲁斯特……我望着花北路，路旁五颜六色的砖块随意堆砌着，在我眼中变幻成了跃动的文字。它们歌唱舞蹈，创作出最伟大的文学作品。我极度渴望成为一名作家，成为能被历史记住的人。

可是现实总是如此残酷。自从父亲和那个浓妆艳抹的女人离开家，生活的重担全都压在了母亲身上。她在纺织厂拿着最微薄的薪水，往肺里吸入刺鼻的染色剂，也只能勉强负担起家庭生活所需。我和母亲说我最喜欢的作家，和她聊我热爱的文字，她不懂，但是听得很认真。可当我看见她为了几毛钱与卖菜小贩争执得面红耳赤，当我抚摸她布满老茧的双手时，那句"我也想当作家"便无论如何也说不出口。年轻落魄的作家，哪个不是吃了上顿没下顿！母亲又怎能忍心让我过上这种生活呢？母亲看着我，没有察觉到我的悲伤，只伸出手，拍拍我的肩膀。儿子那时已经比她高出一个头，她踮起脚尖，显得有些吃力。她说："崽崽，好好读书考大学，以后做生意赚大钱啊。"

我想先放下那份执念，努力准备高考。在闲暇时，我总想沿着花北路走走，却总被各种各样的事情耽搁，没能走到路的尽头看看。

那时的我，特别喜欢一位叫作余秀华的诗人。她先天脑瘫，又受丈夫家暴，但她把诗歌当作与全世界对抗的武器。她有首诗，叫作《一朵云，浮在秋天里》，里面这样写道："固执地以为，我得去远处活一回。"在备战高考的时候，我总是会无端想起这句话，内心莫名充满豪迈苍凉的情感……

"小子，想啥呢？"我回过神来，卤煮店老板不知什么时候脱了围裙，"呼啦"一声拉上了卷帘门，俯身蹲下来，散了根烟。我操着不熟练的京腔回复："没事儿，哥们儿今个被客户怼惨了，郁闷着呢。"老板没说话，帮我把烟点着。打火机口蹿出明亮鲜红的火舌，与不远处王府井五颜六色的霓虹灯相映成趣。

我高考成绩不上不下，但顺利被北京一所二本学校录取，算是对得起小时候的那份执念。来到北京，我才知道哪里有什么蓝得渗水的天！深冬更甚，只有无边无际的雾霾与纷纷扬起的沙尘，像永远生活在老家的那片工地上。母亲的尘肺越来越严重，以至于不能工作，我只能赶快走出校园，进入社会，接过生活的重担。

现在的我，只是北京一家民营公司的小白领，每天坐在办公桌前，机械地往电脑里输入无数数字的排列组合，忙碌许久却不知道自己在忙碌什么，即使在晚上十一点稍显宽敞的地铁一号线里，也不曾抽时间来读读书。

我沉默，猛吸一口烟，不料呛着，咳嗽个不停，老板连拍我的背帮我顺气儿。眼前，光线与腾升的烟雾胡乱交织，一瞬间，竟使人有些恍惚。我想起了当年母亲身上刺鼻的染色剂味道，也是这样被我吸入肺里。

我抬起头，问身边的卤煮店老板："老板，您门前这条路叫什么？"

"没名儿，土路。"老板丢下一句话，吐着烟圈离开了。我看着他走远，没有说话。

家门口的那条花北路，听说要拆掉了。家乡在发展，越来越多的高楼拔地而起，小商铺逐渐没有了容身之处。沥青被铲去，钢筋被拔起。花北路光秃秃的，好像它二十年前的样子，只是田埂不再，只是故人不再。

我还是没能抽出时间去花北路的尽头看看，或者只是不忍心面对它的荒凉与颓败，只是想为童年留下些美好，就像，我不忍心承认北京的人们衣裳并不光鲜亮丽，就像我不忍心承认，原本渴望至死靠文学名垂史册的我可能要平凡地过完这一生。

只是，我会在又一个这样的夜晚，又一次想起从前，想起花北路，想起余秀华"去远处活一回"的愿望，想起母亲年轻的面庞。

为了生活，这已是现在的我所能做的全部。

固执地以为，我得去远处活一回

如果我失踪，有马匹会嗅着我的气味追随而来

所以，我允许自己一辈子都活得这么近

把最好的光阴攥在手心里

我知道，我去了远方，能够再回来

就会离自己更近

实验，我为你歌唱

十五年实验人，献给一生的母校。

1985 年的仲春

银湖水边　细雨纷纷

笔架山下　暖风醉人

你从远方赶来

庆贺她的诞辰

襁褓中　她双眼初睁

欣喜邂逅　这五彩斑斓人生

凝望她清澈目光

握住她细嫩手掌

你低下头　许下愿望

愿她终岁无虞

愿她茁壮健康

愿她温润如玉

愿她坚韧似钢

你唤她"实验"

为她歌唱

冬雪消融　裹挟去寒冷

春回大地　收藏好余温

天空交付出星辰

留下一盏璀璨的灯

她就这样成长

华强　西丽

她初露锋芒

坂田　光明

她体格健壮

人格健全　学业进步

励精图治是她的理想

特长明显　和谐发展

桃李芬芳是她的勋章

不忘初心　砥砺前行

三十三载　寒来暑往

你唤她"实验"

为她歌唱

草在结它的种子

风在摇它的叶子

我们站着　不说话

扶着自己的门窗

这儿的日子漫长

似三月阳　似老火汤

滋味温和　熨帖如常

波纹微生　明光烁烁

她要你尽兴世间

她教你赤诚善良

她许你鸟语花香
她赠你情怀悠长

你向往远方熙攘
与夜晚华灯初上
你负气背起行囊
不愿停留她身旁

你终将独自飞翔
作别她温暖臂膀
彼时彼日　请为她拭去泪水
悄悄说：
此去经年　待看尽良辰美景

再唤她"实验"
为她歌唱

当风雨兼程成为昨日
当鲜衣怒马历经沧桑
当火红木棉再次盛放
当岁月爬上蓝白砖墙

你和她荣辱与共

欢唱年少张狂

高考场上

纸笔矛戈　痛快一仗

通知书里

名姓烫金　闪闪发亮

你风华正茂　理想如旗帜飘扬

跳起希望的舞步　奏响生命的乐章

白芷新袍　渐入微凉

山南水北　人来人往

待到某天　青春散场

等她起身　为你鼓掌

再唤她"实验"

与她歌唱

你与她轻轻唱

细数昔日的忧伤

你与她轻轻唱

驱散曾经的迷茫

你与她轻轻唱

描摹那时的月光

你与她轻轻唱

走在春天的路上

你与她放声唱

歌颂不变的信仰

你与她放声唱

书写人生的华章

你与她放声唱

乘风破浪　器宇轩昂

你与她放声唱

壮志凌云　荡气回肠

愿

誓言滚烫

点燃胸膛

愿

音符铿锵

回声嘹亮

她唤你"实验人"

愿你来日方长

永远年轻

永远热泪盈眶

家

我最幸福的岁月已融入此地，这就是归宿的意思吧。

闭上眼。

呼吸着空气中松木的清香，是那个古老的大书柜？是那个破旧的梳妆台？还是那副已微微发黄，边角已近乎腐烂的湘绣？那种熟悉得令人欣慰的气味越来越浓，让我不想，也从未想过离开。

南海上空的大雁来了又回，一晃，在它们拍动的羽翼中泄过了十二个春秋。窗外的桂花树开了又谢，一瞬，在它们柔弱的花蕊间迷失了匆忙的童年。

是不是只有你，老家伙，不会变，不会走呢？

我最终也会如那万物一样，悄无声息地离去吧。我靠着你光滑的墙壁，它冰冷，但心温暖。

或许在百年后的某一天，有一位安详的老人，静静地靠着老屋的脊背，着一身白衣，在久违的感动中向天国飞去。

眼泪是心灵的圣泉，缓缓地从我的脸颊上，滴到你的脸颊上，再滑落到脚跟，在你与我的心上留下了一条条纵横交错的痕迹。

我爱你，家。我的灵魂已在此生根发芽，开出岁月的丁香花。

我最幸福的岁月已融入此地，这就是归宿的意思吧。岁月会让我改变模样，可我从未离开。

献给年少不悔

迅速长大，然后慢慢等待失去。

我微笑着，看着满载沧桑的列车到达了终点站，在一大片向日葵中弯曲前行，一片让人睁不开眼的金色。

在叫作永远的站台上，青春放下了厚重的行囊。

我们年少，所以可以肆无忌惮地笑谈梦想；我们年少，所以不顾一切去追逐希望；我们年少，但年少不会回头，你我又曾后悔过成长吗？

破茧成蝶，如果失败，便会陷入万劫不复的死亡漩涡；凤凰涅槃虽可永生，但还是无人知道背后的纠结与无奈，愤恨与委屈。

我们的年少，恰如那一朵温润似水的洁白昙花，荼靡之时便是终结，绽放得多么动人，只是在刹那闪耀美丽，之后便重启轮回，在漫长无尽的光明中守望黑暗。

迅速长大，然后慢慢等待失去。

即将失去我们的一世繁花，虽然早已明白，可是曾经拥有的那份激情真的会变老。所以，让我们尽情地挥霍这个纯真的年纪，能够在沧海桑田中甜蜜地回忆。

因为年少，所以从未后悔。

献给逝去的光阴与长大的我们。

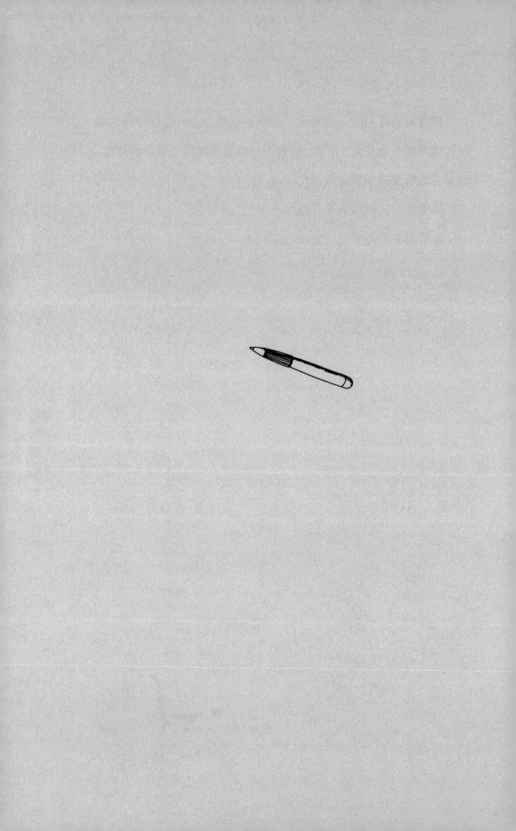

往玉砌雕阑处

喜欢一句诗："吹灭读书灯，一身都是月。"古时候，读书人总是睡得很晚。油灯熄灭，只剩月光星星点点，绵长洗去一天的疲惫，携一缕清香入梦。

读书，以怡情，以博彩，以长才。往玉砌雕阑处，朱颜犹在。

那是属于她的世界
——读李娟《我的阿勒泰》

或许正是她们的孤独，才营造出一个属于她们的世界。

　　草色遥看近却无，我们脚边的大地粗糙而黯淡。但在远方一直到天边的地方，已经很有青色原野的情景了。大地上雪白的盐碱滩左一个右一个，连绵不断地分布着，草色就团团簇簇围拥着它们，白白绿绿，斑斓而开阔。后来我看到左面的那两股雪白的旋风渐渐地合为了一股，而在我们道路正前方不远处那一股正在渐渐远去，熄灭。

　　阿勒泰，一个偏僻的新疆小城，一个距我家五千多公里，遥不可及的地方。可能有一天，当我们再次翻开《我的阿勒泰》时会突然意识到：其实那也是一个世界，那个世界里的人们与我们享有同一刻的时间，同样灿烂的阳光，和我们一起活着，一起老去，一起静待岁月的流逝。

李娟，她可以在那个世界里随心所欲地放空思想，在清爽的空气与泥土的香味中找寻最真实的文字。

她描写冬天下水摸鱼被冻到感冒后找领导讨个说法却被领导一套一套的说辞气得欲哭无泪无可奈何，她描写自己的妈妈自作聪明创造了一套和当地老乡对话的特有方式，她描写冬天因为野牛老是在她们睡觉的时候顶帐篷所以追着它们绕着村子跑了一圈又一圈，她描写当地的汉族小孩，她描写年迈的外婆，她描写未经开发的深山与山脚下的人们那种剪不断理还乱的情感……

她生在阿勒泰，长在阿勒泰，她用最简单朴素的语言与最真挚充沛的柔情去描摹那明亮爽朗下一望无际的寂寞。

我似乎也突然想起，李娟在开篇的《我所能带给你们的事物》中写下的一段话："又记得在夏牧场上，下午的阳光浓稠沉重。两只没尾巴的小耗子在草丛里试探着拱一株草茎，世界那么大。外婆拄杖站在旁边，笑眯眯地看着。她那暂时的欢乐，因为这'暂时'而显得那样悲伤。"

李娟描写自己辛辛苦苦在外工作，却只能为家里带去廉价的麦片、所谓中老年人食用的红糖、奇贵无比的宠物兔、金丝熊。而母亲与外婆只是尝了几口后默默说："好喝。"然后再没有下一句，只是摸着小仓鼠对李娟笑着说："别买这么多，死了怪可怜的。"

李娟也描写外婆有时会对着广阔的戈壁滩独自神伤，会想起老家已经在默默腐烂的竹楼，想起偶尔飞过的不知道叫什么名字的漂亮鸟儿，想起可能以后永远聚不齐的她的老朋友们，却又突然想起自己已经被这陌生的、茫茫的戈壁无可奈何地挽留了下来，再也离不开……

毕竟，她们是从别的世界来的；毕竟，她们不属于这里。李娟与她的妈妈、外婆，似乎都拥有着一种专属于自己的孤独：李娟的孤独是原野，妈妈的孤独是汗水，外婆的孤独是岁月。

或许正是她们的孤独，才营造出一个属于她们的世界，才能让她们在互相依偎的过程中找到独特的乐趣。

我想和李娟一样，走上那条不知道什么编号的国道，听运货物的大卡车车轮碾过空气的声音，听被丢弃在马路上的废纸被风卷起时好听的"沙沙"声。

我想和李娟一样，在过年的时候，丢弃掉那台不知道什么候才能调好天线的老旧的电视机，跑到戈壁滩上点燃一支焰火然后静待它熄灭，尽情挥洒所剩不多的精力，极力上扬嘴角。

我想和李娟一样，感受零下四十八度时风狠狠刺过脸颊的疼痛，被冻坏的脚一步一步狠狠地踩进雪堆里，终于见到了老乡家暖暖的炉子，好比见到至亲……

有多少读者羡慕过李娟，羡慕过她如此美好的创作环境，羡慕过她如此平和的心态，羡慕过她真实的历历在目的经历过的感动。可殊不知，她是因为有了自己所能为之痴狂的美好世界，才能写出那带着温润寂寞的文字。

　　中国，新疆，阿勒泰，阿勒泰的一角，这是属于她的世界，这是属于她的辽阔，这是属于她的生命，一个感动过千千万万的人们的自由随性，真实坦率，不惧孤独，心里仍可以保有最初善良与纯真的生命！

我，是你的"雨儿"
——读《目送》之《雨儿》

> "她看着我，微笑了。我这才注意到，她穿着黑衣白领，像一个中学生。"

我每天打一通电话，不管在世界哪个角落。电话接通，第一句话一定是：

"我——是你的女儿。"

如果是越洋长途，讲完我就等，等那六个字穿越渺渺大气层进入她的耳朵，那需要一点时间。

然后她说："雨儿？我只有一个雨儿。"

龙应台的母亲晚年时患上了阿尔茨海默病，居住在潮州。她的母亲似乎不记得任何人。龙应台在每通越洋电话的问候中与母亲像刚交上的朋友一般谈天说地，说一切有关她们的过去。

为什么龙应台会把描写她与母亲的这篇文章放在《目送》的第二篇——在《目送》——送给自己孩子的文章之后？或许只有在深刻地感触到对下一代的爱以后，才能更好地体会对母亲浓浓的眷恋吧。

　　文章里，龙应台这样写："她不说话，无声地瞧了我好一阵子，然后轻轻说'你好像我的雨儿。'"

　　母亲养大了我们，但在她老去时，我们居然没有能力让她长久地记住我们。

　　我们长大了，但我们又何曾回望仍驻留在时光原地痴痴守候的母亲？她不是忘了自己女儿的容貌，她只是把最幸福的记忆丢在了岁月里的某处，等待有人帮她寻找。可惜那个人一直没来。于是她甚至不能明白，面前的女儿与脑海中的那个"雨儿"有何相同之处。

　　"你是从哪里来的呢？你怎么会从台北来呢？你如果是我养大的，又为什么不在我身边呢？"

　　面对这一连串的问题，龙应台选择了跳过，不回答。可能是她实在不知道该如何面对自己已神志不清的母亲，或她已对自己的缺席感到愧疚。

　　龙应台后来写道："我坐下来，把她瘦弱的手捧在掌心里，看着她。她的眼睛还是很亮，那样亮。在浅浅的晨光中，我竟分不清究竟是她年轻时的锋芒余光，还是一层盈盈的泪光。"

　　当她捧起母亲枯槁的手时，或许会想起它们曾经光滑细致时的样子。只是可惜，母亲永远都不能再回去，也想不起来。

　　她曾经是那样美丽，可当光阴磨去了彼时的灵气，我们是不是都应该像母亲陪我们长大一样，细心地陪她走完最后的日子？

　　到了土林站，我说："妈，这是你生平第一次搭捷运，坐在这里，我给你拍一张照片。"她娴静地坐下，两手放在膝上。刚好后面有一丛浓绿的树，旁边坐着一个孤单的老人。"你的雨儿要看见你笑，妈妈。"

　　她看着我，微笑了。我这才注意到，她穿着黑衣白领，像一个中学生。

　　不知道曾有多少人，在此时彼时，床头桌边，读到文末这段话，抑制不住地泪流满面。

　　"你是哪一位？"

　　"我，是你的'雨儿'呀。"

骊歌
——读林清玄散文之《月光下的喇叭手》

于是不可避免地，讲故事的人遇见了听故事的人。接下来的桥段必是一醉方休，感触良多。

"冬夜寒凉的街心，我遇见一位喇叭手。"

"那时月亮很明，冷冷的月芒斜落在他的身躯上，他的影子诡异地往街上拉长出去……"

夜已深，捧起林清玄先生的散文集，我眼中浮现出一个步履蹒跚、背微驼的身影，小小的，远远的。

"街很空旷，我自街口走去，他从望不见府的街头走来，我们原也会像路人一般擦身而过，可是不知道为什么，那条大街竟被他孤单落寞的影子紧紧塞满，容不得我们擦身。"

于是不可避免地，讲故事的人遇见了听故事的人。接下来的桥段必是一醉方休，感触良多。这种文章，似乎已经看了很多遍。

借着凉风中微微的酒劲，小摊老板在别处服侍客人的吵闹声渐渐变小，在六十烛光的灯泡下，操着山东话，老人放下手中的喇叭，粗声说起自己的从前：童年中，其他孩子所拥有的东西，老人都曾拥有，一片望不到边的大豆田，一群小伙伴，一个戴着毡帽的慈祥的老祖父……在二十四岁那年，被强行抓去边界驻守，与亲人们一别就是三十年有余。

初次读到林清玄，该是小学三年级课文中的《和时间赛跑》了。林清玄先生写他小时由于外婆去世而悲痛不已，又因为父亲的话语深深思考，最终豁然开朗："假若你一直和时间赛跑，你就可以成功。"当时，这句话在我心中留下了深刻的印象。林清玄三十二岁遇见佛法，曾深入经藏，他以为写作要自由得多，更能在生活的幽微里看见美。

"三十年的戎马真是倥偬，故乡在枪眼中成为一个名词，那个名词简单到没有任何一本书能说完，老人的书才掀开一页，一转身，书不见了，到处是烽烟，泪眼苍茫。"

老人在得知"我"与他是同乡时激动得差点打翻酒，却因为我从未见过大豆田而感到深深的遗憾；原是拿着喇叭在送葬的乐队里装装样子，又在不断的骊歌中将乡愁消磨得尽了；老人十分喜欢我哼出的那首流行曲，不学会吹不罢休……他吹了一遍又一遍，一次比一次深情。停时，眼里都是泪水。

"用力太猛，太猛了。"之后，他趴在"我"的肩膀上抽泣了起来，不知道这"太猛"是在指责自己曲子吹得不好，还是在抒发着自己对那片遥远但熟悉的土地的一片赤诚之心？是在向一直听着他吹喇叭的年轻人表达歉意，还是在用力地倾诉自己无处安放的思念？

乡愁，一个无法被我们这个年纪所触及的，无比厚重、深刻的词语，此刻似乎化进了老人口中的酒气里，化进了林清玄先生从夜里直踱步到白天的思考中，化进了伸缩喇叭的最后一个长音里。

那首歌的歌词是这样的：

我们隔着迢遥的山河

去看望祖国的土地

你用你的足迹

我用我的哀歌

你对我说

古老的中国

没有乡愁

乡愁是给没有家的人

少年的中国也不要乡愁

乡愁是给不回家的人

不像其他的小说剧情，最后，林清玄先生再也没有与那位老喇叭手遇见过，那位老人却在他的生命中留下了不可磨灭的印迹。

若你在某个夜里的街头，碰见了这样的一位喇叭手，请告诉他：他虽孤零零地站着，没有形状，却充塞了整条街。

愿你继续吹着那首能令你减轻伤痛的骊歌。

当我想你的时候
——谈沈从文《湘行散记》中的爱情

当我想你的时候，我会把一切琐碎平庸的事，通通讲给你听

"我走过许多地方的路，行过许多地方的桥，看过许多次数的云，喝过许多种类的酒，却只爱过一个正当最好年龄的人。"这或许是如今沈从文先生的《湘行散记》中最著名的话了。

湘西画不出轮廓的小河两岸绿树青山，每早自得地啭着喉咙的鸟儿，长长的墙垣与油坊，河街烟馆和灵官巷的新房子……是他走过的路，行过的桥，看过的云，喝过的酒，是他最真实深刻的旅途体验，却是如今的我们到不了的远方。

"在青山绿水之间，我想牵着你的手，走过这座桥，桥上是绿叶红花，桥下是流水人家，桥的那头是青丝，桥的这头是白发。"

而信那头的夫人张兆和，是他爱过正当最好年龄的人；他一

组组简陋的信札，却也是如今，我们梦寐以求的浪漫。

但浪漫在何处？

"我希望梦到你，但同时还希望梦中的你比本来的你温柔些。这时真静，我为了这静，好像读一首怕人的诗。倘若你这时见到我，你就会明白我如何温柔！一切过去的种种，它的结局皆把我推到你身边心上，你的一切过去也皆把我拉近你身边心上。

我还要说的话不想让烛光听到，我将吹熄了这支蜡烛，在暗中向空虚去说。"

1949 年，因母亲病危，沈从文匆匆赶回湘西。行前，他与夫人张兆和约定，每天给她写一封信，报告沿途所见所闻。

他们说，分析沈从文的文章，看见了他沉甸甸的时代责任意识，看见他将尖锐的民族问题与社会矛盾融汇在人事的叙述中。《阮陵的人》反思"文明"与"堕落"的复合关系；《一个多情水手与一个多情妇人》沉醉在爱的憧憬里，流露出对爱的毁灭性的担忧；《虎雏再遇记》感动于原始生命的力量，流露出原始生命活力无从改造转移的忧惧感……

我今天只愿草草读过，欣赏他与三三爱情的真实。

"天黑了，我想把这信发了，故不写完。但写不完的却应当也为你看出些字句较好，因为这是从我身边来的一张纸……"

"我只用你保护到我的心，身体在任何危险情形中，原本是不足惧的。"

当我想你的时候，我会说今天的天气真好，云真白，草真绿，阳光真灿烂，涨红着脸东拼西扯了这么多，就是为了看着你对我咧开嘴笑。

当我想你的时候，我会坐在摇摇晃晃的小船里，拿着一只使我的手沾满墨水的笔，努力用文字告诉你，那曲曲折折的小溪，是多么清澈透明；那说着野话的水手，船歌是多么动听……

我想向你描绘出湘西的所有美丽。

当我想你的时候，我会想把一切琐碎平常的事，通通讲给你听。我想让你知道我对你的思念，使我勇敢多了。

我想让你成为我琐碎生活的一部分，因为我想让你在我的身边。

"生命都是太脆薄的一种东西，并不比一株花更经得住年月风雨，用对自然倾心的眼，反观人生，使我不能不觉得热情的可珍，而看重人与人凑巧的藤葛。在同一人事上，第二次的凑巧是不会有的。"

"我原以为我是个受得了寂寞的人。现在方明白我们自从在一起后，我就变成一个不能同你离开的人了。"

这或许就是我读到的，沈从文先生在琐碎中最伟大的浪漫。

浅析纪录片《大明宫》三部曲之一

盛唐三君王。

喝下一坛美酒，在这正月十五的几个时辰，我竟一眨眼走到大唐开元初年的长安。柳陌花街上，人们欢声笑语回荡。放眼望去，朱翠罗绮溢目……

大唐，在中华浩浩荡荡的历史长河中，像阅尽繁华沧桑的长者，像掠过天空的惊鸿，像遥远的神迹，像神秘的传说。如今，年轻的我们仍能将这颗璀璨的明珠细细把玩，不知是何等荣幸。

大明宫，曾经的皇宫，驻足于千年前的大唐，见证无数风起云涌，也见证了当权者的残忍无情。

李世民为了权力，不惜手足相残，却又在当上太子后，为不落得"不孝子"的名声，起手为父亲李渊建造大明宫。当完恶人，转过头为自己立牌坊，是他心虚，可天下千千万万的君王又何尝不是如此提心吊胆地活着？若不早一步站在制高点，转头死在某位兄长刀下的，恐怕就是自己了。所以，他有自己的苦衷。

李渊晚年沉心于琵琶，不理政事，可能也是为了躲避自己凶残暴戾的儿子。可到最后，自己的儿子为了得个好名声，为自己建造起避暑行宫时，却也"树欲静而风不止"，一命呜呼。不知道这太平宫，封存着这位年长的君王多黑暗的回忆，李渊是如此，李世民，武媚娘也是如此。

武媚娘是个传奇般的女子。我曾在初中读到诗"不信比来长下泪，开箱验取石榴裙"，臆想在武皇后坚强的外壳下，是个柔弱的女子，也为了昔日的爱人泣涕涟涟，今日阅毕《大明宫》第一集，了解到了她出家的这段经历，不免更理解她此后的一举一动。涉世未深的武媚娘，使李治一见倾心。身为凡夫俗女，又怎能忍受削发为尼独守空房时的孤独，无人陪伴的落寞？

"看朱成碧思纷纷，憔悴支离为忆君。"曾经她也是满腹深情的女子，是权力，将她塑造成了一位强硬凶狠的女君王，也是权力，让她忍受着夜夜厉鬼扰梦的痛苦。历史，到底是完美成全了她，还是强迫改变了她，只能听那无字碑娓娓道来了。

故事的切入点在大明宫，故事的主体却是大唐。大明宫是载体，是象征，是见证者。它无疑留下了大部分现实，怀揣古时大唐的繁华，玲珑冕旒背面的阴暗，岁月更替的悲情，历史长河的壮美……只在时光原地，静静等待后人评说。

浅析纪录片《大明宫》三部曲之二

生不逢时的浪漫。

本次观毕《大明宫》，我感触良多，又不知从何说起，只想谈谈唐玄宗的一生，还有他最饱受诟病的爱情故事。

那年的七夕，牛郎织女鹊桥相会，杨贵妃也在长生殿焚烧香火，祈求来年好运。恰好遇上玄宗，贵妃嬉笑着，向他诉说美好的愿望。她愿彼此的感情能像牛郎织女般天长地久。玄宗深受感动，也向牛郎织女双星保证，在长生殿与上苍结下盟誓："愿生生世世，共为夫妇，永不相离。"如此便有了白居易《长恨歌》中的" 七月七日长生殿，夜半无人私语时。在天愿作比翼鸟，在地愿为连理枝"。

"帝王家的富贵，天宝年间的灯节，火树银花，唐明星与妃嫔坐在楼上像神仙，百姓人山人海在楼下参拜；皇亲国戚攒珠嵌宝的车子，路上向里窥探了一下，身上沾的香气经月不散；生活

在那样迷离恍惚的戏台上的辉煌里，越是需要一个着实的亲人。"
（张爱玲《我看苏青》）

张爱玲说："杨贵妃的热闹，我想是像一种陶瓷的汤壶，温润如玉的，在脚头，里面的水渐渐冷去的时候，令人感到温柔的惆怅。"这是一个"回眸一笑百媚生，六宫粉黛无颜色"的女人，时至今日，留给我们的也只是无尽的想象。但唐玄宗对她近乎癫狂的痴迷加速了一个盛世的衰亡，能为她外貌的迷人提供最有力的佐证。

所以唐明皇喜欢杨贵妃，因为她扮演好了一个妻子的角色，而不是"臣妻"。杨贵妃几次和皇帝吵架，像普通受气老婆般，回娘家去，又被哄回来，字字句句都十分接地气。与那些古时对君王"阴谋诡计"神秘的记载大不相同，他们的故事颇有尘世气息。

也就是这样，一个君王能与自己的女人，怀揣一颗凡人心活在世上，从自身的角度出发，无疑是很快乐的。

他不理世事沧桑只顾琴棋书画，她不知后宫纷争只愿貌美如花。两人只想要家常便饭的幸福，只想要富家子弟的潇洒，只想要一份安稳的爱情。站在正常人的角度，这本无可厚非。

可他是一国之君，是那个本最不该拥有俗世之情之感的人，是那个本最不该"一生偏心一个女子"的人。他夜夜笙歌，不过是因为他骨子里的浪漫，与他对杨玉环的溺爱在作祟。"春宵苦短日高起，从此君王不早朝"是对他最真实的描述。偏是这样一个痴情又浪漫的男子，因为自己的君王身份，落得一世骂名！

　　所以，我用"生不逢时的浪漫"来描述唐玄宗，这个与众不同的君王，这个投错阳胎的诗人，这个只愿岁月安好现世安稳的男人。

浅析纪录片《大明宫》三部曲之三

"眼见他高楼起，眼见他楼塌了。"

《大明宫》六集观毕，我心中自豪之感与悲壮之殇交杂。

安史之乱虽被平定，边疆的节度使权力过大，个个飞扬跋扈，根本不把朝廷放在眼里。后来，另外两次叛乱发生，大明宫中的皇帝也纷纷选择逃离长安。

宰相武元衡在光天化日之下被刺杀于家门口的大道上。这是大唐的耻辱，是朝政的不堪，是唐宪宗崩溃的转折点。恐怖的气氛笼罩着长安城，通向大明宫的上朝之路空空荡荡。一个君王，该是有多无能，才让自己最信赖的大臣横死街头？一个王朝，该是有多落魄，才使奸佞当道，宦官僭越？

唐朝后期，宦官发动"甘露之变"杀害了六百多名大唐官员，朝廷政务被宦官把持着，连皇帝的性命也在他们手中。唐宪宗不堪忍受现实的残忍，只好沉迷道教，整日修炼丹药，妄图找到长寿之术，追求精神上的解脱。这与李渊醉心于琵琶以躲避儿子的残忍迫害有异曲同工之处，也与李俨把娱乐当成生命的重点，不理政事有大同小异之妙。

历史，总是惊人的相似！

其实，这世上哪有什么长生不老？就像嘲笑王权富贵，不畏戒律清规的人们，最终也要拜倒在权力的石榴裙下，哪管"鸳鸯双栖蝶双飞，满园春色惹人醉"？

最后的最后，大明宫昔日的繁华还是被厚重的历史渐渐摧毁，噫吁嚱！"眼见他起高楼，眼见他宴宾客，眼见他楼塌了"，再多的珠光满溢，再多的宝玉珍碧，也早就消殒于时代的变幻间，我们早已不得知！如今，只剩那断壁残垣，独立于亘古之间，成了供人怀想的旅游景点。历史古今，纵横捭阖，有种奇妙的壮阔之感。就让我们用上帝视角纵观这个伟大的朝代——大唐，以史为鉴，可知兴替！以人为鉴，可明得失！

结尾的曲子也是纪录片《大明宫》的一大亮点。细细品味歌词，意味深长。纵观千秋的壮伟，眼看古今的沧桑，一个帝国从繁盛走向衰败的无奈与凄凉，都静静等待着后人评说。

前世风雨 后世尘烟

亭台宫阙 都成残垣

繁华落尽 王侯长眠

谁的功过 万世流传

时间蔓延 万代千年

人生太短暂 怎守江山

我站在人间 看风云变幻

任由残砖碎瓦 铭刻变迁

岁月流淌 历尽沧桑

昨日辉煌 今在何方

世事无常，物极必反，富贵繁华，不过是过眼云烟！

观纪录片《南宋》杂感之遥望中原

遥望中原，荒烟外，许多城郭。想当年，花遮柳护，凤楼龙阁。

万岁山前珠翠绕，蓬壶殿里笙歌作。到而今，铁骑满郊畿、风尘恶。

兵安在？膏锋锷。民安在？填沟壑。叹江山如故，千村寥落。

何日请缨提锐旅，一鞭直渡清河洛。却归来、再续汉阳游，骑黄鹤。

——〔宋〕岳飞《满江红·遥望中原》

"我民族若不能立足中原，偏安江表，称曰南渡。风景不殊，晋人之深悲。还我河山，宋人之虚愿。"这部名叫《南宋》的纪录片，以冯友兰大师的《西南联大纪念碑碑文》作为开头，娓娓道来一个朝代的兴衰。然而与其说本片的内容是谈宋人对河山的执念，不如说在谈两宋的"南北"之别。片中以艮山门贯穿始终，很好地表现两宋都城之间历史上的联系。

艮山门后，是著名的京杭大运河。在纪录片的镜头中，运河两旁的现代楼房明显得很。高楼大厦，钢筋水泥，兀自矗立。由此想到地理书上所说"交通运输方式的改变对地区的影响"。那个叫作扬州的都市，有过属于它的繁华，却因为水路运输的荒废而地位不再。直到如今，它的城市形态变化依旧缓慢，只因从古至今攀附着大运河。暂且说扬州是被历史选定的城市吧，选定后接连舍弃，只是时间问题。或许宋朝也是一个被历史选定的朝代，她博学，她富裕，却因为过于"温柔"，被尚武的北方侵略者无情打败。

北宋的皇帝们好建园林，曾号召数千人去南方搬运回来一块块几丈高的怪石头，却在朝代灭亡之际，被金人悉数掠夺，搬往更为遥远的北方；火药，是北宋引以为傲的发明，却无奈被金人学去，用其发动猛攻……

北宋自以为强壮，却只是强干弱枝，忽视地方，依文治国，忽视军事，是畸形的强壮。北宋其实没有想象中的那么文弱，只是繁荣并不等于真正强壮，富庶也并不等于时日久安。

南宋的高宗，虽渴望收复中原，以报家仇，可他既恐惧金人，又恐惧亲人，既害怕长久被国家遗忘的军队不敌金人铁骑猛兵，也害怕解救回来的父兄之辈，对自己的皇位产生威胁。于是秉承"和为贵"的中庸之道，偏安一隅，委曲求全，却未能得到金人的怜悯，换来深切的伤悲。

观纪录片《南宋》杂感之临安梦华

> 东风夜放花千树，更吹落，星如雨。宝马雕车香满路。风箫声动，玉壶光转，一夜鱼龙舞。
>
> 蛾儿雪柳黄金缕，笑语盈盈暗香去。众里寻他千百度，蓦然回首，那人却在，灯火阑珊处。
>
> ——〔宋〕辛弃疾《青玉案·元夕》

临安街上人声鼎沸，车马塞途。灯笼高高挂起，柳枝将舒未舒，街边小贩叫卖，阳春面的香气阵阵飘来。风吹起少女的裙裾，色彩斑斓的绸缎在空中飞舞……临安的豪华富庶，也是南宋的鼎盛繁荣。

新帝赵构怕步父兄后尘以致亡国，故选择发展离淮河有一百五十里之远的临安城。这段距离说远不远，可也足够一个岌岌可危的国度暂时远离战火，休养生息了。

宋高宗的逃亡也确实有趣，他在一段时间内漂泊海上，无处可栖，颠沛流离，几经波折到达杭州。故有人戏称其为"背海立国"。提起了"海"，不得不说说当时发达的造船业对贸易的巨大影响。海上"丝绸之路"由南宋起，并为其提供与海洋文明接触的机会。从连云港、泉州、广州、海南，到阿拉伯，到非洲东海岸，片中的学者认为，当时的南宋已经在世界贸易中拥有举足轻重的地位。

前方的厮杀并不能阻止后方对财富的追求。历史课本上学过的，从前官府对商业经营的管理十分严格，是重农抑商的缘故。可大宋既十分重视农业，也逐渐放开了对商业的管制。唐时，"坊""市"分开，有严格的时间，空间限制，并设专人管理。宋时的城市布局趋于完整，早市、晚市、草市，宋高宗偶尔亲临长街，广施恩泽，与民同乐，好一派不亦乐乎的盛世景象。

也正是因为商业的繁荣促使经济的发展，经济的发展提升了老百姓们对于生活品质的追求。正所谓"温饱思淫欲"，品美食、赏鲜花，当时的人们可谓一件不落。想起宋高宗的御用消暑饮品沆瀣浆，用甘蔗、马蹄、白萝卜炖煮烂的汤水，不由得垂涎三尺……

法国作家谢和耐研究南宋，把书作命名为《蒙元入侵前夜的中国日常生活》，似是在讽刺南宋人民在亡国前夕仍然夜夜笙歌，把酒尽欢。虽说南宋在一段时期富得是"前无古人后无来者"，可它的财富未能转化为国力，又不是像中世纪的西班牙和葡萄牙那样，购买奢侈品挥霍一空，只是忽视了军事这一方面的发展。

太文艺未必是好事。治国也是，做人也是。

观纪录片《南宋》杂感之诗词流域

最古今之成大事业、大学问者，必经过三种之境界："昨夜西风凋碧树。独上高楼，望尽天涯路。"此第一境也。"衣带渐宽终不悔，为伊消得人憔悴。"此第二境也。"众里寻他千百度，蓦然回首，那人却在灯火阑珊处。"此第三境也。此等语皆非大词人不能道。

——〔清〕王国维《人间词话》

古时的诗，形式变化空间终究较小，久读便觉千篇一律。诗人尝试在诗的基础上突破原有格律，"词"这一文体也就应运而生。它融合了旧有音致的变化多端，体现出句子自如、灵动的美感。说到词，不得不提王国维先生的《人间词话》。它针砭时弊，博古观今，标志着中国词学走上新的高峰，开辟一片云蒸霞蔚的天地。

纪录片以王的《人间词话》中提到的"三境界"作为线索叙事。在此想特意谈谈纪录片中提到的两位词人。

先是李清照。李清照出身于书香门第，早期生活优裕，而后嫁给赵明诚，金兵入据中原，她被迫流寓南方，又加上丈夫去世，后半生颠沛流离，境遇凄苦。她所作之词，前期多写其悠闲生活，皆为个人情感；后期多悲叹身世，追忆往昔，融入了更为深远、壮阔的家国情。李清照先写"知否，知否，应是绿肥红瘦"，后写"生当作人杰，死亦为鬼雄"，便标志着她作品从小家情怀到大家情怀的一个转变。

借词人之间主导文风的转变，我们也可体会出大宋王朝的兴衰。北宋早期，词人写词多为小令，以婉约派为代表，还出现了花间派等特殊派别。而到了两宋之交，豪放派词人愈多，词中愈出现铁马金戈的气象。

说起豪放派词人，不得不提辛弃疾。他本意气风发，却于四十三岁那年遭贬谪，至此罢废二十年，客死他乡。在多年的宦游生涯中，他从未终止抗金的心愿。所以他的作品，既有自己盛气凌云的壮烈，也有唐代边塞诗歌的迷茫。

稼轩写"醉里挑灯看剑，梦回吹角连营"，作品基调主战，抒发万丈豪情。可他以豪放为基，也曾描摹出婉约的愁情与委屈来。他写"众里寻他千百度，蓦然回首，那人却在灯火阑珊处"，在"灯火阑珊处"的那人，不是心爱的女子，而是稼轩自己。他是孤胆英雄，立志打回北方，无奈主和的朝廷对他不理不睬。在那个混乱的年代，空有一腔热血的他英雄无用武之地，真是寂寞无比。

若非曾经"独上高楼"远望"天涯路"，又怎能"为伊憔悴"而"衣带渐宽"呢？如非"终不悔"地苦苦追索，又怎能见得"灯火阑珊处"的美景呢？这便是对王国维先生《人间词话》的三境界一个较为浅显的解释，词人们的心路历程尤是如此。

中华诗词文化的影响源远流长，我们都生活在诗词的流域。

游游荡荡的小时候

在我小的时候，院子里有三根高度不同的杆子，我只能勉强摸到最矮的那一根。那时，我想，当我什么时候能摸到最高的那一根时，一定要想起自己曾经有过的这个梦想。

现在的我，能轻而易举地摸到最高的那根。而以前的那个我，却早已消失在时光中。

用优美的语言将我所见所想写成了一首首诗，一篇篇文章，并提醒，不要忘了这个五彩缤纷，充满幻想，还有些朦朦胧胧，游游荡荡的童年。

窗外，那棵桂花树摇着，摇着，它的芳香沁透我的心房。

希望这缕芳香，能够飘散到永远。

小兔

我家有只兔子，整天自由自在的，不用为任何事担心，有时，我还挺羡慕它的。我好想变成一只兔子，与它一起奔跑在草原上。

我多想像你一样

我多想像你一样，

可以随时随地、漫无目的地晃荡。

而现在，

我只能坐在书桌旁，

望着鸟儿高高地飞翔。

我多想像你一样，

可以不用为未来迷茫。

而现在，

我只能呆呆地幻想着，

这一切的一切，

都是梦一场。

我多想像你一样，

可以跑得像飞一样。

而现在，

我已被自己的绳索束缚住，

只能让思想尽情奔放。

我多想像你一样，

我多想像你一样，

你是兔子，我是人，

我永远，永远都没办法拥有

你的自由与梦想。

绒球，绒球

当我将你带回家时，

你很害怕，

我轻轻地叫了一声你的名字，

"绒球!"

你乖乖地将耳朵垂下，

你同意了这个称呼，

那时，我很开心。

当你的长耳莫名其妙地患病时，

我很害怕，

害怕你会突然离去。

我轻轻地抚摸着那对

可怕的耳朵，

"绒球!"

你抬头望了我一眼，

你也在忍受着剧痛，

那时，我很伤心。

当爸爸不准我养你这个大家伙时，

我很生气，

我用尽了所有我脑中能捍卫

你生命的词语，

"绒球!"

你钻进了自己的笼子，

你很害怕这些人类会夺去你的生命，

那时，我很愤怒。

当你终于听懂我发号施令时，

我很激动，

都说"狡兔三窟"，

你真聪明！

"绒球！"

你居然"笑呵呵"地

瞟了我一眼，

你也感到很自豪，

那时，我很骄傲。

绒球，绒球，

我是多么喜欢你，

希望你，可以创造一个又一个

令我感动的奇迹！

Hello，绒球

你，总是蹦蹦跳跳地，

从我的身旁经过，

望着你走去的背影，

好像一团会走路的奶油冰淇淋。

你，总是用那双红玛瑙似的眼睛

瞪着我，瞪着我，

那双眼睛，那么清澈透明，

仿佛一望，望不到底。

你，总是将你那长长的、轻飘飘的耳，

摇来摇去，摇来摇去，

好像在和谁打招呼，

真像小朋友的手臂在舞动。

我总是喜欢抱着你，抱着你，

倾听你那熟悉的心跳与呼吸，

即使被你的"九阴白兔爪"，

抓伤了也不生气。

"Hello，绒球！"

只见你，回过头去，

留下一个微笑。

跟着兔子梦游仙境

你出现在了我的梦里，

我对你说：

"绒球，我多想与你说话啊！"

你没回答我，

只是跳着，跳着，

跳进了一个树洞里。

我正想去追你，

可我又一想，

我该不会像故事中的爱丽丝，

掉进一个

我完全不认识的世界？

可我，还是随着你跑了下去。

"咕咚"！

我不知被摔到了哪里，

只见这里，有一个

又一个的大箱子。

我把它们打开，

发现里面装着许多贵重的东西，

不是金银珠宝，

而是我所拥有的爱与友谊。

当我为自己得到的而感叹时，

你不见了。

"绒球，绒球！"

我大叫起来。

突然，我醒了。

我冲进阳台，

你还在。

我知道，你虽然只是一只普通的兔子，

没法带我去真的"仙境"，

可是，

你可以在生活中

为我创造一个又一个

爱的奇迹！

我的家

　　我的家里一共有五个人，我的外公、外婆、爸爸、妈妈和我。有时，我会突然感到很恐惧，害怕我以后要到很远的地方去生活，不能与他们住在一起，也害怕他们不能永远地陪着我，温暖我。

外公

依稀，

在记忆中还能看到你的身影，

骑着小单车，

赶往最早的地摊市上，

笑呵呵地拎着一大袋菜走进家门。

头上，

往下滴着汗水，

嘴里，

还说着"不累不累"。

当我接过那个被汗水浸透的面包袋子时，

你那布满皱纹的脸上，

笑容是多么灿烂。

还记得我小时候，

你问我：

"在家里最不喜欢谁？"

我想了想，回答：

"外公。"

你脸上露出一丝无奈的神情，

其实，

我谁都喜欢，

只不过，你付出的许多

我都没有察觉到。

现在，

你已渐渐老去，

我想让你再抱一抱我，

让我骑在你的脖子上，

感受一下，

那种连父亲也给予不了的力量，

那种连母亲也

给予不了的关怀。

"嘿，把我写得这么好？"

原来，你就在我的后面。

一分钟的寂静。

你无声地走开，

而我的作文本上，

已经湿了一小片。

外婆

我还能记得，

小时候，

我最喜欢的人就是外婆。

每天晚上，

我听着你的童谣，

进入梦乡。

我才知道，

这个世界，

没有那么悲凉。

那个温暖的怀抱，

令我沉迷，陶醉，

给了我前进的力量。

外婆，外婆，

你给了我温暖的怀抱，

我能还你，

我那一个已实现的梦想，

你给了我无限的关爱，

我永远永远不会将你遗忘……

谁言寸草心，报得三春晖，

我将如何回报你，

用掌声，用希望？

爸爸

有时，

我会埋怨你，

放着那么好的工作不做，

反而去做什么交警。

每天早出晚归，

难道你不累吗？

有时，

我会突然很想很想你，

但我不知道，

这种感觉，

是对你还是对那台

"四代苹果机"。

可当我看到你工作时，

我反而很想说声"谢谢你"，

是你让我明白，

什么是奉献，

是你让我明白，

做人不能只顾自己。

爸爸，爸爸，对不起，

我还是像小时候一样

喜欢你，

是你让我明白，

到底怎么样做才能成为一个

好市民，好警察，好父亲。

妈妈

有人曾经这么说：

"'妈'的旁边，是一个'马'，

当妈的永远为女儿做牛做马。"

妈妈有时候不像妈妈，

反而像一位知心朋友，

陪着我谈天说地，

"滔滔不绝"。

小到学校的杂闻，

大到国际的争论，

妈妈听着我侃侃而谈，

心里甜得像抹了蜜。

她经常对我说：

"苏岩，苏岩，

我佩服你，

佩服得简直是

'五体投地'。"

妈妈的文笔也很好，

所以写作文也是我的独家法宝。

不过，她有时会生气，

嘿嘿！刚好写进我的作文里。

有人曾经这么说：

"'妈'的旁边，是一个'马'，

当妈的永远为女儿做牛做马。"

而现在，

我对这句话，

似乎有了新的理解……

老师

如果我们是小星星，那老师就是一轮明月。虽然他们永远比我们明亮，但他们一直用慈爱的目光伴随在我们身后。如果我们是那朝气蓬勃的太阳花，那老师就是那一抹晨光，用尽自己所有的力气，只为看到我们一刹那的绽放。

太阳老师

有同学说，

你"飘来飘去"

像个幽灵，

有同学说，

你的心情常让人

捉摸不定，

有同学说，

你的行为让人奇怪，

有同学说，

你"装模作样"，

让人起疑心。

顾老师，

你的确很奇怪，

你的形象，

在我们心中

一直变好变坏。

一会儿，

为了感人的事激动地鼓掌，

一会儿，

另一帮同学被你的"冷暴力"

吓得"双眼迷茫"。

逗笑你，

是我们"最大的光荣"，

惹怒你，

好像已经不是过错。

其实，

你是一位很会鼓励我们的老师，

激励着我们奋发向上，

那段时间，

班上几乎没有一个

所谓的"坏学生"。

其实，

你是一位爱动情的老师，

严厉如坚冰的外表下，

隐藏着一颗太阳般的心。

其实，

你是一位好老师，

只是那时候的我们，

并不了解你的心。

"骆驼老师"

你有着一个"令人发笑"的真名，

现在我懂了，

"周托驼"的意思

就是托起一匹骆驼，

我不知道，那需要多少力量和责任心。

还记得，

多少次开怀大笑，

还记得，

多少次紧眉叹息，

还记得，

多少次在课堂上

听见你熟悉的声音，

还记得，

多少次听到那声"放学"以后，

全班"跑步前进"。

我们一直在与五（2）班竞争，

你一直在给我们加油鼓劲，

当我们占了上风而得意时，

你又付出了多少力气？

当五（4）班班主任的称号

正式地离开你，

我们有多少同学，

曾为这事伤心。

怀念你那声如洪钟般的"放学"，

怀念你如父亲般的抚摸，

怀念你在班会课上

指出我们的缺点，

怀念你对我们的批评。

你已不是五（4）班的一把手，

可你还是如太阳般照耀着我们，

如泉水般滋润着我们，

如养分般呵护着我们，

我不知道，这需要多少力量与责任心！

"蜜蜂老师"

还记得，

你与全班第一次见面吗？

你拿出一个本子，

翻啊翻，都是白纸，

再翻啊翻，突然出现了

上满了颜色的水彩画。

你说，

这个本子就像你的心，

我们每个人，

都会在上面留下

一道道痕迹。

我不知道，

我留下了什么，

却知道，你在我心中的意义。

早读课时，

你都早早赶来，

和蔼的笑容，

加上晨光的气息，

好似蜂蜜般，

将我们融化。

感觉那样温暖。

因为有你，

我们在合作中学到了很多，

在风雨中历练，

让我们更加团结、坚强。

我们常听到你在咳嗽，

你是怎么了？

你笑着说，这是职业病。

可大家都知道，

你是积劳成疾。

你为了多少届学生努力，

像蜜蜂付出了多少辛勤。

李老师，

你在我们心中，

已将那无限的耕耘，

永远铭刻，印记。

"不好老师"

有人曾说你太专制，

有人曾说你太严厉，

有人曾说你太疯狂，

有人曾说你假正经。

在我的心中，

对你的印象并不太好。

你总比顾老师"木讷"一百倍，

比李老师严肃一百倍，

比周老师严厉一百倍。

反正所有所有地方都比其他老师坏一百倍。

你说，

不是想独立就可以独立，

那时我发现，

一丝忧愁与无奈爬上了

你那好像在怒火中燃烧的眼睛。

我们那好像被你磨炼得

"刀枪不入"的心灵，

有一缕阳光照过，

渐渐地融化，融化，

知道了一个"天大的秘密"。

你为何要生气？

是因为不愉快？

是因为不顺心？

是因为不想管？

还是只是因为想生气？

我突然觉得，

我们变得很幼稚，很幼稚，

连这都不能理解你。

都是为了我们，为了我们！

我们为什么要"恨"你？

我们为什么不爱你？

花

春天时，我家里就会摆满大大小小的花。虽然有几朵开了又谢了，但它们把芳香永远地留在了家中。那种大自然的美丽让人魂牵梦萦。

蝴蝶花

你像一只蝴蝶，

飞过宁静的池塘，

飞过辽阔的草原，

蚂蚁和小虫问你累不累。

你摇了摇头，

说："我一定要飞。"

你像一只蝴蝶，

飞过茂密的丛林，

飞过遥远的海边，

小兔和鱼儿问你累不累。

你摇了摇头，

说："我一定要飞。"

你飞过重重险阻，

飞过关关困难，

终于停在了我的窗前。

我问你累不累。

你点点头，

说："但我一定要飞。"

就在你准备离去时，

一阵风吹过，

你化作了一朵兰花，

一如那时的美丽。

你还是保持着那个起飞的姿势，

等了一万年，

又一万年。

但你的花瓣，

还依然鲜艳，

你的翅膀，

还依然有力。

你好像随时

都可以像鹰一样搏击长空，

像雀一样自由飞翔，

你还没有忘记那个

永恒的约定，

"我一定要飞！"

茶花

三年前，

我把你的种子，

从你的故乡——云南

带到了我家门前。

我撒下你的种子，

你身上还有一股

清新的泥土味。

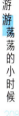

你对着我微笑，

阳光下的你显得格外美丽。

我用手轻轻地摸了摸

你的小苗，

绿绿的，软软的。

你摆了摆身子，

吸收充足的阳光。

你悄悄地对我说，

"我要开花了！"

你那淡红的花苞，

终于吐出了鲜红的花朵，

淡黄的花蕊，

在与花瓣跳着迪斯科。

你那淡淡的香气，

像勾住了我的魂一样，

我也不知不觉地

在与你的灵魂起舞。

过了很久

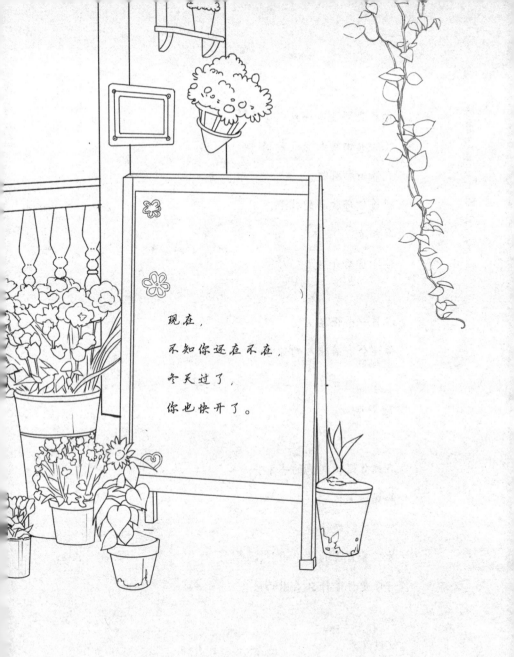

现在，

不知你还在不在，

冬天过了，

你也快开了。

你已变得没有一丝光泽，
花瓣也由粉红变成黄褐，
我像当初那样，
摸着你那脆弱的枝干，
我知道，
你即将离开。

在另一个世界里，
你还会有着迷人的芳香吗？

康乃馨

我把你送到妈妈的手中，
妈妈微笑地
把你插到瓶子中。
你摇着自己的"小手"，
好像是说着什么感谢的话。

没过几天，
你居然快谢了，
头朝着窗外，

望着天空。

妈妈一会儿说小贩心黑，
一会儿说给水不够。
可年幼的我知道你
是因为不自由！

妈妈笑破了肚皮，
说花还需要什么自由？
我没有理她。

康乃馨，康乃馨，
快顺着这条小溪流走吧，
我能帮你完成最后的愿望，
你能得到自由！

桂花

小时，最喜欢
抱着你的枝干，

与你玩耍，

慢慢地品味那缕芳香，

陶醉在其中。

记忆里的那种味道，

一直挥散不去。

是自然的味道吗？

那时浓郁而热烈的，

却又不失淡淡清新，

就是这样吧。

现在，

不知你还在不在，

冬天过了，

你也快开了。

突然，

一阵沁人心脾的芳香

飘散而来，

那么令人熟悉与怀念。

是你！是你！

你一直默默地等着我，

从未走远。

这缕桂花香，

真能飘散到永远吗？

怀念

我家可以说是一个"长寿家族"。大家的日子过得和和美美。
但人再长寿，也总是要离开这个世界的。我的太姥姥在南方一次
特大冰灾的时候，变成了一个远方的天使。只要她能活在我们心
里，就是最美好的。

你去哪了

怀念，
怀念，
这份忧伤的情感。
四年来，
悄悄盘绕在我的心头，
从未散去。

你，

去哪了？

你去了那个名叫天堂

的自由世界吗？

还是像中国的传统

来到了阴间吗？

我

常常这样冥想着。

你是否化作一缕烟

随风飘摇？

也许，

大自然就是这样神奇而巧妙吧。

那似乎触手可及的幸福，

一瞬间

就能离我们远去。

你去哪了？

飘落

我

虽未曾跪在你的坟前，

看着白雏菊

被风卷上天。

却常常空落落地思考。

我真的喜欢你吗？

不知道。

幸福的时光

永远是这么的脆弱啊。

那个模糊的冬天，

我记住了。

只是

很冷，很冷。

四年以后，

湖南的雪花，

一片片飘落。

我的泪，

也化作了冰。

你过得好吗？

我的太姥姥，

这四年，

你过得好吗？

享受到天堂的快乐了吗？

会不会孤独呢？

八十四年来，

你一直不停地付出，

付出。

现在

终于可以休息一会儿了。

你化成云了吗？

带给人们梦想？

你化成雨了吗？

浇灌新绿的小芽？

你化成雪了吗？

一片一片悄悄落下？

不管化成什么，
你依然是，
最美丽的。

我想

那片蔚蓝的大海，
总会让人心中
充满美丽的忧伤。

一棵大树，
从小苗开始，
经过一个又一个轮回。
枯叶
不也化作春泥更护花吗？
也许，
你就是这样吧。
我想。

每当有海鸟

从海的上空飞过，

每当孩子们在

海里玩耍时，

他们能不能看到

你那苍老

却洒满阳光的面颊呢？

我想。

时光

时光，时光。
到底是什么？

穿梭·时光

时光，时光，
你为什么
总是这么匆忙？
从哪里开始，
从哪里停下，
一个又一个的问题
使我晕头转向。

你曾来到过远古时代吗？

看着一个又一个小细胞

变成地球主人？

听着巨大的恐龙

一声声嚎叫？

看着我们人类

呱呱坠地？

看着一个又一个王朝

世世代代繁荣，兴亡？

时光，

就不能停下你奔跑的脚步吗？

看一看孩子纯真的双眸，

看一看这世间的美好。

看一看五彩缤纷的花朵，

看一看在天空飞翔的小鸟。

时光，时光！

搞不懂的时光

时光，是从何时开始的？

是宇宙大爆炸的那一瞬间吗？

是地球呱呱落地的那一刹那吗？

是第一个细胞缓缓蠕动的那一秒吗？

是无穷无尽的黑洞产生的那一眨眼吗？

你，

又要到何时才能停止呢？

是末日到来，人类灭亡的那一瞬间吗？

是万物无一线生机，死气沉沉的一刹那吗？

是黑洞之门缓缓闭合的那一秒吗？

或，就是现在？

到底，

谁能搞懂你呢？

时光。

时光累不累？

时光，

你怎么跑得那么快？

所有的人，

都在不停地追着你。

但你好像不知疲倦似的，

越跑越快。

已经跑了一辈子了，

停下来，休息一会吧。

如果我能分配时光

如果，

我能分配时光，

那该多好！

我会分一百年，

给身患重病，

对人生毫无希望的人，

让他们看到生命的可贵。

我会分一百年，
给天生聋哑，
残障的孩子们，
让他们有足够的时间
感受生命的美好。

我会取五十年，
从那些无恶不作的奸商的灵魂里，
让他们忏悔从前
迫害生命的行为。

我会取五十年，
从那些富得流油、
却欺负穷人的人，
让他们明白，
人间自有道义在。

如果，
我能分配时光，
那该有多好！

后记：年少难得几回搏

　　我拎着重重的书包，走进地铁站。我站在长长的扶梯旁边，看黑色的它缓缓滚动。它连接地上地下，像在漂浮的夜晚里刺穿一只庞大野兽的胸膛。而我的利剑，是书包里的一根根 0.38 号笔芯。我愤怒地举起利剑，发现自己虽然记起了对数函数，却忘记了什么是三圈环流。

　　五号线，留仙洞站，黄贝岭方向。七号线，西丽站，太安方向。地铁最后一节车厢。门前的黄线老旧脱落，一截塑料皮高高翘起。地铁疾速驶过，掀起一阵大风，塑料皮疯狂抖动，声音像潮水拍打海岸。

　　我从黄木岗站走出来，太阳凶狠灼烧地面。地下通道里，卖甘蔗汁的小贩脸色黑红，眯着眼睛，不停扯动汗水黏湿的衬衫，祈求一丝凉意。我想没有关系，赶快学懂三圈环流就好。

数学地理连堂补习搞定，已是晚上六点多。

"嘭"一声打开门，"嘭"一声瘫倒在木头沙发上，"嘭"一声回到现实。开启电脑打开一个全新的文档，我望着跳动的光标冥思苦想。假期生活很枯燥，好像没有什么好写的。

这年暑假，我十六岁。

那天晚餐时分，我与爸妈约好仰慕已久的深圳市学生文联秘书长谢晨老师畅谈文学。推杯换盏间，谢老师似乎十分在兴头上。他说，听我在学校人文学院成立大会上的发言，说自己"才疏学浅"时，底下的嘉宾都在议论我"过度谦虚就是骄傲的表现"。

我连忙双手举起茶杯，说我"诚惶诚恐"。谢老师欣慰地看着我，似乎觉得我并不是真心在说这番话，只是一个懂事的孩子，遵循着饭桌上固有的礼节。无奈，我只好搓着手坐下，对谢老师说，没有谦虚，真的是写得不好。

谢老师笑笑，说我小学时候的作品，诗心童趣十分美好；高中之后的公众号，是原生态的文字，是不加雕饰的感动……我说，我的水平应该还没有到达出书的程度。毕竟出书的作者个个都是"身怀绝技"的高人，可不仅仅是靠"原生态"就能独当一面的。老师反驳道，不同派别的文学作品可不能放在一起比较。技巧不重要，构造不重要，重要的是特点，是文风，是可以"自成一派"的地方。

"写得不好，也可以慢慢雕琢，慢慢进步嘛。毕竟你还年轻，时间还那么长。有机会，就先要去尝试嘛。"

"谢谢老师，我明白了。"

在奋力往上攀爬的过程中，我们大多数人见到的都是不同的风景，遇见的都是不同的苦难。我眼中的苦难，或许足够成为别人的风景。我欣赏的风景，或许是别人正在咬牙克服的苦难。所以，再多的抱怨，再多的愤怒，也应该要找到正确的人倾诉。

若我眼中的风景在他眼中也美丽非常，我经历的苦难也是他的困扰难堪，这时恰当地分享我们的情绪，两人都可获得排解安慰。

若相反，在无法建立共识的前提下，不设身处地为他人着想，把衷心倾诉误会成炫耀，最终或只落得一拍两散。

如果找不到能建立共识的伙伴，就咬紧牙，默默往前走吧。毕竟，"年少难得几回搏"。无论可倾诉与否，人生途中总会有段最黑暗的路，需要一个人悄悄走完。

没有关系。反正年少，日子还长。

我不记得最近在哪里看到过这样的一段话：

"当有机遇出现时，不要问它是怎么来的，它为什么会出现，你凭什么拥有它……只需张开怀抱，迎接它就好。"

自我怀疑当然还会存在，毕竟它也是督促我进步的好东西。我会利用好每个来到面前的机会，帮助我奋力向上攀登，看到更好的风景。不再想自己"配不配得上"，而是努力去让自己"配得上"。

总有一天，我的能力与位置会完全相匹配，可能不是现在。或许现在的我要提升能力，迎合更高的位置；或许以后的我要抬高位置，为了彼时绰绰有余的能力。

尝试了不一定会成功，但是不尝试一定会失败。为了看到更好的风景，请亲爱的我一定伸出双手，抓住每一个机会，提升自己。

说到底，自我怀疑的根源还是因为做得不够好。在合理评价写作水平这方面，还是自己最准确，最心知肚明。毕竟，保持一个清醒的头脑也难得。

毕竟，"年少难得几回搏"。

我最后还是开始了筹备出书的工作，也就是你们现在正在读的这本书。不知道谢老师是不是还觉得，我"过度谦虚"是"骄傲自满"的表现。

或许，我会在余生中的无数个瞬间，回想起那些生涩的温暖与幼稚的感动，回想起做伴文学、策马奔腾的青春韶华，回想起这句话："年少难得几回搏"。

谢谢书前的你，看到了这里。

苟富贵，勿相忘。

苏岩 / 苏木只

2018 年 8 月 19 日